Concerto
para
corpo
e alma

RUBEM ALVES

Concerto
para
corpo
e alma

PAPIRUS EDITORA

Capa	Fernando Cornacchia
Foto de capa	Rennato Testa
Diagramação	DPG Editora
Revisão	Ademar Lopes Júnior e Lúcia Helena Lahoz Morelli

Dados Internacionais de Catalogação na Publicação (CIP)
(Câmara Brasileira do Livro, SP, Brasil)

Alves, Rubem
Concerto para corpo e alma/Rubem Alves. – 17ª ed. –Campinas, SP: Papirus, 2012.

ISBN 978-85-308-0539-5

1. Crônicas brasileiras I. Título.

12-07095 CDD-869.93

Índice para catálogo sistemático:
1. Crônicas: Literatura brasileira 869.93

As crônicas que compõem esta obra foram publicadas no jornal *Correio Popular*. Algumas delas encontram-se também em outras obras do autor.

17ª Edição – 2012
12ª Reimpressão – 2023
Livro impresso sob demanda – 200 exemplares

Exceto no caso de citações, a grafia deste livro está atualizada segundo o Acordo Ortográfico da Língua Portuguesa adotado no Brasil a partir de 2009.

Proibida a reprodução total ou parcial da obra de acordo com a lei 9.610/98.
Editora afiliada à Associação Brasileira dos Direitos Reprográficos (ABDR).

DIREITOS RESERVADOS PARA A LÍNGUA PORTUGUESA:
© M.R. Cornacchia Editora Ltda. – Papirus Editora
R. Barata Ribeiro, 79, sala 316 – CEP 13023-030 – Vila Itapura
Fone: (19) 3790-1300 – Campinas – São Paulo – Brasil
E-mail: editora@papirus.com.br – www.papirus.com.br

SUMÁRIO

I. *ANDANTE GRAZIOSO*
SOBRE SIMPLICIDADE E SABEDORIA 9
DA SOMA PARA A SUBTRAÇÃO 15
TRISTEZA-BELEZA 21

II. *LANGUIDO*
QUEM SOU? 29
SOBRE VIOLINOS E RABECAS 35

III. *ESPRESSIVO, DELICATO*
O MENINO E A BORBOLETA ENCANTADA 43
TUDO POR CAUSA DO OLHAR 49
OS OLHOS DA MADRASTA 55

IV. *ANDANTE CON ESPRESSIONE*
CHURRASCOS 63
SOPAS 69
ARROZ COM FEIJÃO, PICADINHO
DE CARNE E TOMATE 73

V. *SINCOPADO*
SOBRE O CRIME E A INTELIGÊNCIA 81
A INVASÃO DAS HIENAS 87
TANAJURAS E BANDIDOS 93
O FOGO ESTÁ CHEGANDO... 99

VI. *ADAGIO LAMENTOSO*
LEANDRO 107
MAGNÓLIAS E JABUTICABEIRAS 113
"UM CÉU AZUL IMENSAMENTE PERTO..." 119
AO GUIDO, COM CARINHO 125
A CHEGADA E A DESPEDIDA 129
UM ÚNICO MOMENTO... 135

VII. *PRESTO-ALLEGRO ASSAI*
"VOU PLANTAR UMA ÁRVORE..." 143
SABEDORIA BOVINA 149
SOBRE O OTIMISMO E A ESPERANÇA 155

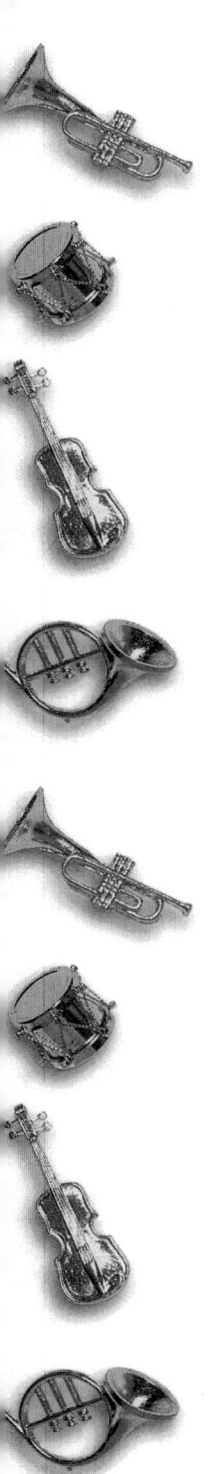
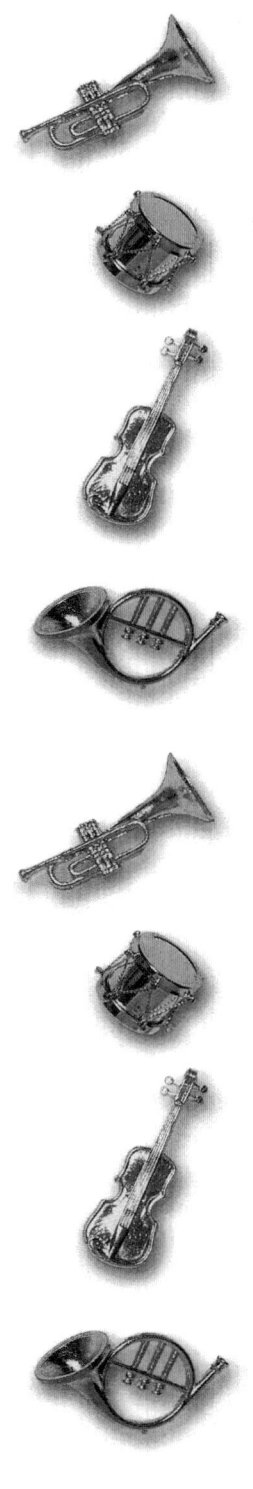

I
ANDANTE GRAZIOSO

ao fundo,
Sonata em Lá maior,

de W.A. Mozart

SOBRE SIMPLICIDADE E SABEDORIA

Pediram-me que escrevesse sobre simplicidade e sabedoria. Aceitei alegremente o convite sabendo que, para que tal pedido me tivesse sido feito, era necessário que eu fosse velho. Os jovens e os adultos pouco sabem sobre o sentido da simplicidade. Os jovens são aves que voam pela manhã: seus voos são flechas em todas as direções. Seus olhos estão fascinados por dez mil coisas. Querem todas, mas nenhuma lhes dá descanso. Estão sempre prontos a de novo voar. Seu mundo é o mundo da multiplicidade. Eles a amam porque, em sua cabeça, a multiplicidade é um espaço de liberdade. Com os adultos acontece o contrário. Para eles, a multiplicidade é um feitiço que os aprisionou, uma arapuca na qual caíram. Eles a odeiam, mas não sabem como se libertar. Se, para os jovens, a multiplicidade tem o nome de liberdade, para os adultos, a multiplicidade tem o nome de dever. Os adultos são pássaros presos nas gaiolas do dever. A cada manhã dez mil coisas os aguardam com as suas ordens (para isso existem as agendas, lugar onde as dez mil coisas escrevem as suas ordens!). Se não forem obedecidas haverá punições.

No crepúsculo, quando a noite se aproxima, o voo dos pássaros fica diferente. Em nada se parece com o seu voo pela manhã. Já observaram o voo das pombas ao fim do dia? Elas voam numa única direção. Voltam para casa, ninho. As aves, ao crepúsculo, são simples. Simplicidade é isso: quando o coração busca uma coisa só.

Jesus contava parábolas sobre a simplicidade. Falou sobre um homem que possuía muitas joias, sem que nenhuma delas o fizesse feliz. Um dia, entretanto, descobriu uma joia, única, maravilhosa, pela qual se apaixonou. Fez então a troca que lhe trouxe alegria: vendeu as muitas e comprou a única.

Na multiplicidade nos perdemos: ignoramos o nosso desejo. Movemo-nos fascinados pela sedução das dez mil coisas. Acontece que, como diz o segundo poema do Tao Te Ching, "as dez mil coisas aparecem e desaparecem sem cessar". O caminho da multiplicidade é um caminho sem descanso. Cada ponto de chegada é um ponto de partida. Cada reencontro é uma despedida. É um caminho onde não existe casa ou ninho. A última das tentações com que o Diabo tentou o Filho de Deus foi a tentação da multiplicidade: "Levou-o ainda o Diabo a um monte muito alto, mostrou-lhe todos os reinos do mundo e a sua glória e lhe disse: 'Tudo isso te darei se prostrado me adorares'". Mas o que a multiplicidade faz é estilhaçar o coração. O coração que persegue o "muitos" é um coração fragmentado, sem descanso. Palavras de Jesus: "De que vale ganhar o mundo inteiro e arruinar a vida?" (Mateus 16.26). O caminho da ciência e dos saberes é o caminho da multiplicidade. Adverte o escritor sagrado: "Não há limite para fazer livros, e o muito estudar é enfado da carne" (Eclesiastes 12.12). Não há fim para as coisas que podem ser conhecidas e sabidas. O mundo dos saberes é um mundo de somas sem fim. É um caminho sem descanso para a alma. Não há saber diante do qual o coração possa dizer: "Cheguei, finalmente, ao lar". Saberes não são lar. São, na melhor das hipóteses, tijolos para se construir uma casa. Mas os tijolos, eles mesmos, nada sabem sobre a casa. Os tijolos pertencem à multiplicidade. A casa pertence à simplicidade: uma única coisa.

Diz o Tao Te Ching: "Na busca do conhecimento a cada dia se soma uma coisa. Na busca da sabedoria a cada dia se diminui uma coisa".

Diz T.S. Eliot: "Onde está a sabedoria que perdemos no conhecimento?"

Diz Manoel de Barros: "Quem acumula muita informação perde o condão de adivinhar. Sábio é o que adivinha".

Sabedoria é a arte de degustar. Sobre a sabedoria Nietzsche diz o seguinte: "A palavra grega que designa o sábio se prende, etimologicamente, a *sapio*, eu saboreio, *sapiens*, o degustador, *sisyphus*, o homem do gosto mais apurado". A sabedoria é, assim, a arte de degustar, distinguir, discernir. O homem dos saberes, diante da multiplicidade, "precipita-se sobre tudo o que é possível saber, na cega avidez de querer conhecer a qualquer preço". Mas o sábio está à procura das "coisas dignas de serem conhecidas". Imagine um bufê: sobre a mesa enorme da multiplicidade, uma infinidade de pratos. O homem dos saberes, fascinado pelos pratos, se atira sobre eles: quer comer tudo. O sábio, ao contrário, para e pergunta ao seu corpo: "De toda essa multiplicidade, qual é o prato que vai lhe dar prazer e alegria?". E assim, depois de meditar, escolhe um...

A sabedoria é a arte de reconhecer e degustar a alegria. Nascemos para a alegria. Não só nós. Diz Bachelard que o universo inteiro tem um destino de felicidade.

O Vinicius escreveu um lindo poema com o título de *Resta...* Já velho, tendo andado pelo mundo da multiplicidade, ele olha para trás e vê o que restou: o que valeu a pena. "Resta esse coração queimando como um círio numa catedral em ruínas..." "Resta essa capacidade de ternura..." "Resta esse antigo respeito pela noite..." "Resta essa vontade de chorar diante da beleza..." Vinicius vai, assim, contando as vivências que lhe deram alegria. Foram elas que restaram.

As coisas que restam sobrevivem num lugar da alma que se chama saudade. A saudade é o bolso onde a alma guarda aquilo que ela provou e aprovou. Aprovadas foram as experiências que deram alegria. O que valeu a pena está destinado à eternidade. A saudade é o rosto da eternidade refletido no rio do tempo. É para isso que necessitamos dos deuses, para que o rio do tempo seja circular: "Lança o teu pão sobre as águas porque depois de muitos dias o encontrarás...". Oramos para que aquilo que se perdeu no passado nos seja devolvido no futuro. Acho que Deus não se incomodaria se nós o chamássemos de Eterno Retorno: pois é só isso que pedimos dele, que as coisas da saudade retornem.

Ando pelas cavernas da minha memória. Há muitas coisas maravilhosas: cenários, lugares, alguns paradisíacos, outros estranhos e curiosos, viagens, eventos que marcaram o tempo da minha vida, encontros com pessoas notáveis. Mas essas memórias, a despeito do seu tamanho, não me fazem nada. Não sinto vontade de chorar. Não sinto vontade de voltar.

Aí eu consulto o meu bolso da saudade. Lá se encontram pedaços do meu corpo, alegrias. Observo atentamente, e nada encontro que tenha brilho no mundo da multiplicidade. São coisas pequenas, que nem foram notadas por outras pessoas: cenas, quadros: um filho menino empinando uma pipa na praia; noite de insônia e medo num quarto escuro, e do meio da escuridão a voz de um filho que diz: "Papai, eu gosto muito de você!"; filha brincando com uma cachorrinha que já morreu (chorei muito por causa dela, a Flora); menino andando a cavalo, antes do nascer do sol, em meio ao campo perfumado de capim-gordura; um velho, fumando cachimbo, contemplando a chuva que cai sobre as plantas e dizendo: "Veja como estão agradecidas!". Amigos. Memórias de poemas, de estórias, de músicas.

Diz Guimarães Rosa que "felicidade só em raros momentos de distração...". Certo. Ela vem quando não se espera, em lugares que não se imagina. Dito por Jesus: "É como o vento: sopra onde quer, não sabes donde vem nem para onde vai...". Sabedoria é a arte de provar e degustar a alegria, quando ela vem. Mas só dominam essa arte aqueles que têm a graça da simplicidade. Porque a alegria só mora nas coisas simples.

DA SOMA PARA A SUBTRAÇÃO

No fim do ano, por razões alheias à minha vontade, meu corpo passa por uma metamorfose. Fico diferente. Sinto que o seu *software* é trocado. *Software* é uma palavra inglesa que indica o programa, a lógica com que o computador trabalha. Durante o ano o meu corpo é movido por um *software* que só conhece a lógica da "soma". Somo o tempo todo. Ajunto coisas. Não jogo nada fora. Faço anotações. Não me esqueço. A memória é também um jeito de somar.

São duas as razões que me levam a ajuntar. A primeira é o amor. Guardo porque amo. É o caso das cartas que me chegam. São cartas de gente que me quer bem. Dizem-me coisas boas que me fazem feliz. O amor não pode ficar sem resposta. O certo seria responder às cartas no exato momento em que as leio e fico feliz. Mas a vida tem urgências maiores que as do amor. As cartas ficam sem resposta. Aí o jeito é ajuntá-las em pilhas, para serem respondidas no futuro. Mas o que valeu para um dia vale para todos. As pilhas vão crescendo sem parar. O ano chegou ao fim. A pilha está enorme. As cartas ficaram sem resposta.

A segunda é a razão da utilidade: é possível que o objeto que tenho nas mãos, de utilidade duvidosa, possa vir a ter algum uso no futuro. Assim, valendo-me do benefício da dúvida, guardo-o. Ao fim do ano minhas gavetas estão uma bagunça que não entendo, entupidas com uma quantidade inacreditável de objetos variados que, por vergonha, não vou listar.

Mas agora, quando o ano termina...

(Termina? Trata-se, evidentemente, de uma ilusão dos homens, que acreditam que o seu jeito de marcar o tempo representa o bater do coração do universo – daí a festança, o champanhe, a comedoria. Acreditamos mesmo que um certo tempo está agonizante: um velho malvado cuja morte é saudada com festas. Agora vem um outro tempo, recém-nascido, páginas em branco, sem memória, contas zeradas, e tudo vai mudar. É somente essa crença infantil que explica a enorme barulheira que se faz pelo motivo da troca de calendário – porque é só isso que acontece, calendário velho no lixo, calendário novo na parede; as estrelas, relógios do tempo, tudo ignoram, e continuam a nos contemplar com os mesmos olhos indiferentes e silenciosos com que sempre nos contemplaram, para horror de Pascal...)

... mas como eu dizia, agora quando o ano termina, muda o meu *software*. O programa da "soma" é retirado e, no seu lugar, começa a funcionar o programa da "subtração".

O programa da "soma" é feitiço danado, quanto mais ajunta mais pesado fica, a gente vai perdendo a leveza, o andar fica difícil, é gordura e músculo demais, o corpo afunda, por o peso ser em demasia. Quem soma é o demônio. Já o programa da "subtração" é o contrário: ele quebra o feitiço da soma, a gente emagrece, fica leve, as escamas caem, o coscorão se descola, o corpo perde músculo e ganha asas. A "soma" nos faz envelhecer. A "subtração" nos faz voltar a ser crianças. O diabo soma: tem uma contabilidade implacável que não esquece. Deus subtrai. Não tem contabilidade. Todo perdão é esquecimento.

As pilhas de cartas: até uns dias atrás, possuído pela lógica da soma, eu olhava para elas e ficava angustiado. Elas me diziam que havia um dever a ser cumprido. Carta de amor tem de ser respondida. A pilha de cartas me dizia que eu não cumprira o meu dever. Mas, de repente, foi-se a lógica da soma e a lógica da subtração tomou o seu lugar. Álvaro de Campos concorda.

Ah! A frescura na face de não cumprir um dever!
Que refúgio o não se poder ter confiança em nós!
Respiro melhor agora...
Sou livre, contra a sociedade organizada e vestida.
Estou nu, e mergulho na água da minha imaginação...

Assim abandono-me à graça da "subtração". Olho, com um olhar de despedida, para as cartas que o senso do dever me obrigava a responder: vou entregá-las ao esquecimento.

Vou subtraí-las do lugar que ocupam. Não mais ficarão ali, à minha frente, como um libelo. Tomo-as carinhosamente nas mãos e vou me despedindo de cada uma delas. Releio passagens e sorrio, alegre de novo. Peço perdão aos amigos que me escreveram. As cartas vão ficar sem resposta escrita, muito embora a resposta de coração já tenha sido dada, na alegria que me causaram. Não se trata de falta de amor. É que eu não sou senhor do tempo. Preciso de mais tempo do que tenho. Nem mesmo o amor pode com ele. É dessa impotência do amor diante do tempo que nasce a arte.

Tempus Fugit – essa frase latina está gravada numa placa de madeira na porta do meu consultório: o tempo foge. Eu a vi, pela primeira vez, num daqueles relógios antigos que tocavam carrilhão a cada quarto de hora, repetindo monotonamente: *"tempus fugit", "tempus fugit"*. Diz um salmo bíblico: "Ensina-nos a contar os nossos dias de tal maneira que alcancemos corações sábios". A sabedoria se inicia quando aprendemos a contar o tempo. Quem conta o tempo sabe que o tempo não soma, ele só subtrai. E é por isso que as cartas terão de ficar sem resposta. Os amigos entenderão e perdoarão. Se não perdoarem é porque não eram meus amigos. Vou começar um ano-novo bem leve, sem cartas para responder. No lugar onde elas estavam está agora o delicioso vazio da superfície envernizada da madeira que nada me diz.

Olho para o resto da casa. A lógica da subtração faz o seu trabalho. Vasculho gavetas, prateleiras, caixas, armários, na busca das coisas que ajuntei durante o ano. Diante de cada coisa faço duas perguntas. Primeira: eu a amo? Se a resposta for positiva, a decisão está tomada. Coisas que são amadas devem permanecer. Se a resposta for negativa, faço a segunda pergunta: ela é útil? Se a resposta for também negativa, a sentença já está dada: ela terá de desocupar lugar. Minha casa, para o novo tempo, deverá estar cheia de vazios.

Álvaro de Campos, eufórico pela liberdade de não cumprir um dever, termina dizendo: "Estou nu e mergulho na água da minha imaginação".

A água é o grande poder da subtração. Por onde passa, limpa. Imaginei, então, um ritual para a celebração, não da duvidosa passagem de ano, mas para o alegre acriançamento do corpo: o mergulho nas águas. As águas têm o poder de subtrair do corpo e da alma as coisas pesadas que a passagem do tempo foi neles sedimentando. As águas nos reconduzem ao esquecimento. Elas lavam o corpo envelhecido e ele volta a ser criança.

Um mergulho nas águas: água do mar, água da chuva, água de cachoeira, água de rio, água de lagoa, água de chuveiro, água de piscina, água da banheira, água do esguicho, qualquer água – ou, se por qualquer razão esses mergulhos não forem possíveis, o *mergulho na água da imaginação*.

Não é por acaso que o símbolo religioso para essa metamorfose seja o mergulho nas águas. Ao sair do mergulho a pessoa velha que mergulhou está morta e no seu lugar surge uma criança, com nome novo. Vou pensar num novo nome para mim.

TRISTEZA-BELEZA

Tenho andado meio triste. Alguns amigos perceberam e ficaram preocupados. Eu quero tranquilizá-los. De fato estou doente. Mas não é doença grave. Sofro de beleza. Não é por acidente que beleza rima com tristeza. Albert Camus dizia que a beleza é insuportável. Rafael Consinos-Asséns, poeta judeu-espanhol, pedia a Deus que não houvesse tanta beleza. Vinicius confessava que a beleza lhe dava vontade de chorar. A Adélia Prado confirma, dizendo que o que é bonito enche os olhos d'água. E a Cecília Meireles, aquela que "às areias e gelos quis ensinar a primavera", se descrevia como "essa que sofreu de beleza". É isso: eu também sofro de beleza.

A beleza me produz uma tristeza mansa. Não julgo que ela deva ser curada. Se eu a curasse, se eu ficasse alegrinho, eu deixaria de ser o que sou. Minha tristeza é tanto parte de mim quanto a cor dos meus olhos, as batidas do meu coração, as minhas mãos. Sem a minha tristeza eu ficaria aleijado – acho que até pararia de escrever. Porque a minha escritura é um contraponto musical à minha tristeza. Alberto Caeiro sentia assim também:

> *Mas eu fico triste como um pôr do sol*
> *quando esfria no fundo da planície*
> *e se sente a noite entrada*
> *como uma borboleta pela janela.*
> *Mas minha tristeza é sossego*
> *porque é natural e justa*
> *e é o que deve estar na alma...*
> *É preciso ser de vez em quando infeliz*
> *para se poder ser natural.*

Nietzsche, ainda muito jovem, disse que, na arte, "uma imagem brilhante de nuvens e céu aparece espelhada no lago negro da tristeza". Não há arte sem tristeza. A sua beleza é um contraponto à tristeza da vida. Os psiquiatras e os alegrinhos querem logo curar a tristeza. Prescrevem comprimidos e contam piadas. Mas eu acho que a coisa é outra: é preciso fazer amizade com a tristeza. Quem é amigo da tristeza fica mais bonito.

Estou escutando Bach neste momento. É ela, a música de Bach, a culpada pela minha tristeza. Música é feitiçaria. Bach era feiticeiro. A música, sem uma única palavra, sem que a razão possa defender-se, entra dentro do corpo e vai ao fundo da alma. Ouvindo música fico indefeso. Minha consciência crítica está morta. A beleza não deixa lugar para o pensamento. Qualquer coisa que eu pense será um ruído que arruinará a beleza. Tenho dó dos críticos musicais. São obrigados, por profissão, a pensar enquanto ouvem. E o pensamento lhes rouba a possibilidade do transe. A música entrou em todas as partes do meu corpo. Estou em êxtase, esquecido de tudo mais. Nada desejo. Para o inferno Descartes com o seu "Penso, logo existo". Digo eu: "Estou possuído pela música, logo existo".

Espeleologia é a ciência das cavernas. Eu estudei uma espeleologia que se dedica a explorar as cavernas da alma. A alma é um emaranhado de cavernas iluminadas por uma luz que se insinua por frestas estreitas, cavernas que vão ficando cada vez mais fundas e escuras. Lá fora é o mundo ensolarado, "uma grande feira e tudo são barracas e saltimbancos" (Fernando Pessoa), muita gente, falatório, gritaria, tagarelice, risadas, todos falam, ninguém escuta, os participantes trocam palavras conhecidas e todos usam máscaras sorridentes. A entrada da caverna está escondida pela vegetação. São poucos os que a encontram. São poucos os que têm coragem de entrar. Lá dentro tudo é diferente. Os espaços modelados pelos milênios pedem poucas palavras. As vozes se transformam em sussurros. Mas os olhos crescem. E assim vamos descendo cada vez mais fundo, até que nos descobrimos sozinhos. Há solidão e silêncio. A verdade da alma está além das palavras, não pode ser dita.

Depois de muito descer chega-se ao fundo da caverna: lá está, faz muitos milênios, um lago de água absolutamente azul. (É na cidade de Bonito, em Mato Grosso do Sul.) O fundo da alma é um lago. Lago encantado. Dele sai uma melodia. No fundo absoluto da alma, lá onde a solidão é total, lá onde as palavras cessam – ouve-se uma música. Fernando Pessoa sabia disso e o disse num verso: "... e a melodia que não havia, se agora a lembro, faz-me chorar". A melodia que não havia nos faz lembrar uma beleza que perdemos. Narciso via sua beleza refletida na superfície do lago. Na música a nossa beleza aparece como entidade sonora. Ao ouvir música nos transformamos em música. Sou a música de Bach que estou ouvindo. É uma alegria efêmera. Porque, em oposição à pintura e à escultura, a música acontece no tempo – e a beleza vai escorrendo pelo corpo como água. Alegria que se sente para logo ser perdida. Daí a tristeza da música, a minha tristeza.

Minha tristeza é provocada por um CD, esse mesmo que estou ouvindo. Do Grupo Corpo. O Grupo Corpo é uma companhia de dança. Não é possível descrevê-lo. Só sei que, nas poucas vezes que os vi, fiquei possuído. Meu corpo se recusou a simplesmente ver o espetáculo. Ele queria abraçar aquilo que via e ouvia. A música é assim: não quer ser só ouvida. Quer possuir os corpos, transformar-se em vida, tornar-se carne. "... e a Música se fez carne..."

É um Bach diferente, transformado pelo grupo Uakti, que se especializa em instrumentos estranhos e sons desconhecidos. Neste preciso momento começa o coral: "Vem doce morte. Vem abençoado descanso. Vem, conduze-me à alegria, pois estou cansado do mundo. Vem, eu te espero. Vem logo e leva-me. Fecha os meus olhos. Vem, abençoado descanso". Eu já havia ouvido esse coral muitas vezes e cheguei mesmo a tocá-lo ao órgão. Mas nunca da forma como o ouvi. Um som metálico, estranho, instrumento que Bach não conhecia. Será, por acaso, um berimbau tangido por um arco? É tão triste.

Mas logo a tristeza cessa e se transforma em alegria, a deliciosa *Courante*, ritmo ternário, valsa, vontade de sair dançando, seguida pela ária para soprano do coro *Jesus, minha alegria*, acompanhado pelo movimento melódico do prelúdio da 1ª suíte para violoncelo.

E aqui fico eu, ouvindo essa ciranda de Bach, sem me cansar. É que estou ouvindo "a melodia que não havia". Por isso choro e fico triste. Mas não é tristeza de tristeza, é tristeza de que haja tanta beleza, beleza que é demais para mim.

Mas é também uma tristeza que é tristeza: há uma grande solidão lá no fundo, onde o lago é azul, e a melodia se ouve. Estou sozinho. Ninguém pode chegar onde estou. No fundo da alma a solidão é total.

Minha tristeza é mansa e boa. Não se preocupem comigo. Diz a Adélia que "pode com a tristeza é quem não perdeu a alegria". Enquanto eu ouvir Bach estarei salvo.

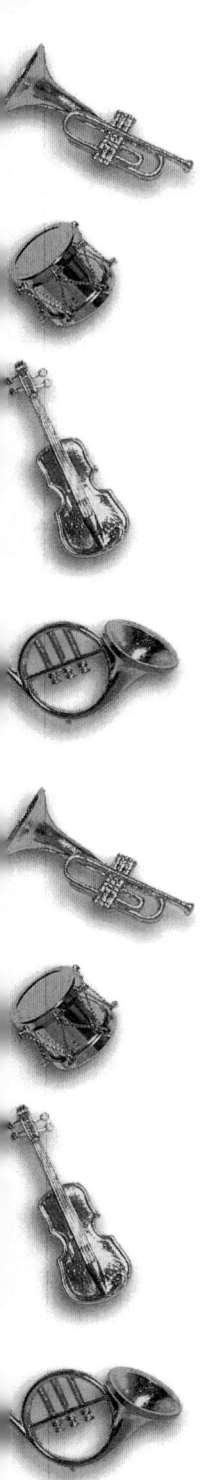

II
LANGUIDO

acompanhado pela canção
russa *Olhos negros*

QUEM SOU?

Quem sou eu?

Sei que eu sou muitos. Quem me ensinou isso foi um Demônio velho, o mesmo que ensinou psicologia a Jesus. Quando Jesus lhe perguntou "Qual é o teu nome?", ele respondeu, numa mistura de verdade e gozação: "Meu nome é Legião porque somos". Coisa maluca: o "eu", singular na gramática, é plural na psicologia.

Eu sou muitos. Tem-se a impressão de que se trata da mesma pessoa porque o corpo é o mesmo. De fato o corpo é um. Mas os "eus" que moram nele são muitos.

Sabemos que são muitos por causa da música que cada um toca. A letra não importa. Pode até ser que a letra seja a mesma. O que faz a diferença é a música. Cada "eu" toca uma música diferente, com instrumento diferente: oboé, violino, tímpano, prato, trombone. Juntos poderiam formar uma orquestra. Não formam. Cada "eu" toca o que lhe dá na telha. Como no filme *Ensaio de Orquestra*. Esqueci-me do nome do diretor: terá sido o Fellini? Merece ser visto.

Por vezes os "eus" se odeiam. Muitos suicídios poderiam ser explicados como assassinatos: um "eu" não gosta da música do outro e o mata. Foi o caso de um meu primo. Quando tínhamos sete anos de idade e brincávamos de soldadinhos de chumbo, ele já estava fazendo um dicionário comparativo de quatro línguas: português, inglês, francês e alemão. Quando tirava 98 na prova ele batia com a mão na testa e dizia, arrasado: "Fracassei". O "eu" que batia na testa era o "eu" que não suportava não ser perfeito. O "eu" que levava o tapa na testa era o eu que não havia conseguido tirar 100 na prova. Um dia o primeiro "eu" se cansou de dar tapas na testa do segundo "eu". Adotou medida definitiva. Obrigou-o a lançar-se pela janela do 17º andar.

O português correto diz: "Eu sou". Sujeito singular; verbo no singular. Mas quem aprendeu de Sócrates, quem se conhece a si mesmo, sabe que a alma não coincide com a gramática. A alma diz: "Eu somos". E diz bem. Pergunto-me: "Qual dos muitos 'eus' eu sou?".

Albert Camus declara, no seu livro *O homem em revolta*, que o homem é o único ser que se recusa a ser o que ele é. Essa afirmação encontra uma ilustração perfeita num incidente banal, descrito por Barthes no seu livro *A câmara clara*.

A partir do momento em que me sinto olhado pela objetiva da câmera fotográfica, tudo muda: ponho-me a "posar", fabrico-me instantaneamente um outro corpo, metamorfoseando-me antecipadamente em imagem. Olho para a foto. Sofro. O fotógrafo me pegou distraído. Não saí bem. Não me reconheço naquela imagem. Sou muito mais bonito. Sofro mais ainda quando os amigos confirmam: "Como você saiu bem!". O que eles disseram é que sou daquele jeito mesmo. Não posso reclamar do fotógrafo. Reclamo do meu próprio corpo. Recuso-me a ser daquele jeito. É preciso ficar atento. Que não me fotografem desprevenido. Se me perceber sendo fotografado, farei pose. A pose é o sutil movimento que faço com o corpo no intuito de fazê-lo coincidir com a escorregadia imagem que amo e que me escapa. A imagem que amo está fora do corpo. Recuso-me a ser minha imagem desprevenida. É preciso o movimento da pose para coincidir com ela. Quero ser uma imagem bela.

O mito de Narciso conta a verdade sobre os homens. Narciso aceitou morrer para não se separar da bela imagem sua. Aquele que, como Narciso, vive a coincidência da imagem real com a imagem amada não precisa fazer pose. Está pronto para morrer. A morte eterniza a imagem.

Dizem os religiosos que a existência humana se justifica moralmente. Deus deseja que sejamos bons. Discordo. A existência humana se justifica esteticamente. Somos destinados à beleza. Deus, Criador, buscou em primeiro lugar a beleza. O

Paraíso é a consumação da beleza. Deus olhava para o jardim e se alegrava: era belo! No Paraíso não havia ética ou moral. Só havia estética. Os santos que a Igreja canonizou por causa da sua bondade eram movidos pelo desejo de que, por sua bondade, Deus os achasse belos. A beleza gera a bondade. Quando nos sentimos feios somos possuídos pela inveja e por desejos de vingança. Invejosos e vingadores são pessoas que sofrem por se sentirem feias.

Beleza não é coisa física. Não pode ser fotografada. É a música que sai do corpo. Nisso somos iguais aos poemas. Um poema, segundo Fernando Pessoa, são palavras por cujos interstícios se ouve uma melodia tão bela que faz chorar. A beleza do poema não se encontra naquilo que ele é mas, precisamente, naquilo que ele não é: o não dito onde a música nasce.

De todos os "eus", qual deles eu sou? Eu sou o rosto belo. É esse que eu amo – precisamente o que escorrega e tento capturá-lo na pose! Porque esse é o "eu" que eu amo, esse é o "eu" que o meu amor elege como meu verdadeiro "eu". Os outros "eus" são intrusos, demônios que me habitam e que também dizem "eu". E ainda há quem duvide da existência dos demônios! Como duvidar? Se eles moram em mim, se apossam do meu corpo e me fazem feio – mau! Se, nos momentos em que se apossam do meu rosto, eu visse minha imagem refletida num espelho, talvez morresse de horror ou quebrasse o espelho.

Bom seria que eu não mais me lembrasse desse outro que sou e do seu rosto deformado. Mas a memória não deixa. Ela coloca diante de mim o outro rosto que não quero ser. Como na novela *O retrato de Dorian Gray*. Ao fazer isso a memória destrói a magia da "pose": ela não permite que eu me engane. Alberto Caeiro sabia da crueldade da memória: quando me lembro de como uma coisa foi, meus olhos não conseguem vê-la como ela é, agora:

A recordação é uma traição à Natureza.
Porque a Natureza de ontem não é Natureza.
O que foi não é nada, e lembrar não é ver.

A cada dia somos novos. Mas a memória do que fui ontem estraga a novidade do ser. Ah! Que bom seria se fôssemos como os pássaros:

Antes o voo da ave, que passa e não deixa rasto,
Que a passagem do animal, que fica lembrada no chão.
A ave passa e esquece, e assim deve ser.
O animal, onde já não está e por isso de nada serve.
Mostra que já esteve, o que não serve para nada.

Pelo rasto se reconhece o animal. A memória é o rasto que deixamos no chão.

Brigas de casais são exercícios de memória. Dizem que estão brigando por isso ou por aquilo. Mentira. Brigam sempre pelos rastos. Invocam os rastos, aquilo que fui ontem para destruir o belo rosto que amo. Não adianta que hoje eu seja uma

ave. "Você me diz que é uma ave? Mas esses rastos me dizem que ontem você foi um macaco... Sua pose não me engana..."
Perdoar é esquecer. Deus é esquecimento. Quando ele perdoa os rastos desaparecem. Perdoar é apagar da memória o rasto/rosto deformado de ontem.

Aprecio a tua presença só com os olhos.
Vale mais a pena ver uma coisa sempre pela primeira vez que conhecê-la,
Porque conhecer é como nunca ter visto pela primeira vez,
E nunca ter visto pela primeira vez é só ter ouvido contar.

"Te conheço..." – diz um para o outro. "Minha memória diz quem tu és. Te conheço – nunca te verei pela primeira vez. Teu rosto, eu o conheço como a soma dos teus rastos..." Aqui termina uma estória de amor porque o amor só sobrevive onde há o perdão do esquecimento.

Somos Narciso. Estamos à procura de olhos nos quais nossa imagem bela apareça refletida. Queremos ser belos. Se formos belos, seremos bons.

SOBRE VIOLINOS E RABECAS

Tenho uma enorme simpatia por aqueles que foram vítimas de um erro da natureza. O erro da natureza não pode ser escondido: ele está visível, evidente a todos os que têm olhos. O seu corpo é diferente do corpo dos "normais", não é da forma como deveria ter nascido, pertence ao conjunto daqueles que "fugiram da norma", que são "a-normais". São então classificadas como pessoas "portadoras de uma deficiência". "Deficiência" vem do latim, *deficiens*, de *deficere*, que quer dizer "ter uma falta", "ter uma falha". De *de* + *facere*, fazer, aquele que não consegue fazer. Um corpo imperfeito, erro da natureza.

Pessoas religiosas procuram razões divinas para explicar o ocorrido – como se aquele corpo fosse produto de uma decisão de Deus. Quando falo corpo estou nele incluindo a inteligência, pois a inteligência são as asas que o corpo criou para poder voar. Tais pensamentos lhes acodem quando elas, do fundo da sua dor, olhando para o corpo diferente do filho, ou olhando para o seu próprio corpo, fazem a pergunta terrível e inevitável: "por quê?", "por que comigo?", "por que fui escolhido?", "por que não sou como os demais?". Vem então o sentimento de uma grande injustiça – que é seguido pelo sentimento de revolta contra a vida. Tenho muito dó dessas pessoas. Primeiro, pelo sofrimento causado pela diferença, em si mesma. Segundo, porque o seu Deus é muito cruel. Ele, Deus, sendo todo-poderoso, poderia ter impedido que aquilo acontecesse. Mas ele não impediu. Se não impediu é porque desejou: o meu sofrimento, o sofrimento do meu filho são produto do desejo de Deus. Deus se alegra com o meu sofrimento. Religiosamente elas estão repetindo a crença horrenda: "É a vontade de Deus". Ora, como amar um Deus assim, tão indiferente ao sofrimento humano? Elas não se dão conta de que, se todas as coisas fossem resultado da vontade de Deus, no nosso universo só haveria beleza e bondade, pois Deus é beleza e bondade. Por enquanto Deus ainda está nascendo, o universo está em dores de parto e o que existe é uma grande sinfonia de gemidos, sendo que o Espírito Santo faz dueto com todos aqueles que foram marcados pela diferença (Romanos 8.22-23).

Há o sofrimento do corpo, em si mesmo: dores, incapacidades, limitações.

Mas há a dor terrível do olhar das outras pessoas. Se não houvesse olhos, se todos fossem cegos, então a diferença não doeria tanto. Ela dói porque, no espanto do olhar dos outros, está marcado o estigma-maldição: "Você é diferente". A igualdade é coisa que todos desejam. As crianças querem ser iguais. Daí a importância de ter o brinquedo que todas têm. A menina que não tinha a Barbie era aleijada, estava excluída das conversas, dos brinquedos, das trocas. A criança que não tivesse o "bichinho eletrônico" era uma criança "portadora de deficiência". "Como não ter o bichinho se todas as crianças têm o bichinho?" Os pais compravam o bichinho – mesmo sabendo que ele era idiota – para que o filho não sentisse a dor da exclusão. Os adolescentes usam tênis da mesma marca, camisetas da mesma grife, fazem todos as mesmas coisas, fumam e cheiram o que todos fumam e cheiram, falam todos as mesmas palavras que só eles entendem. Ai daquele que falar as palavras da linguagem dos pais, ou que usar tênis e camiseta de marca desconhecida. Esse adolescente é "diferente", "não pertence" ao grupo, é "portador de deficiência". O grupo é o "conjunto" – no sentido matemático ao qual pertencem os iguais. Os diferentes "não pertencem" são excluídos. Os diferentes estão condenados à solidão.

As pessoas portadoras de deficiência estão condenadas, de início, à solidão. Por serem fisicamente diferentes e por não poderem fazer o que todos fazem estão excluídas do grupo.

Ser igual é muito fácil. Basta deixar-se levar pela onda, ir fazendo o que todos fazem, não é preciso pensar muito nem tomar decisões. As decisões já estão tomadas. É só seguir a onda. A vida é uma grande festa. Mas o "diferente" está sozinho. Não existe nenhuma onda que o leve, nenhum bloco que o carregue. Cada movimento é uma batalha.

Os "normais" podem dizer simplesmente: "Sou igual a todos, portanto sou". É a igualdade que define o seu ser. Mas os "portadores de deficiência" têm de fazer uma outra afirmação: *Pugno, ergo sum* – luto, logo existo. Muitos, sem coragem para enfrentar a luta solitária, desistem de viver e são destruídos. Os que aceitam o desafio, entretanto, se transformam em guerreiros.

Há jardins que se fazem por atacado: basta comprar as plantas no Ceasa e em Holambra. As plantas são produzidas em série, em terra cientificamente preparada. São jardins bonitos, feitos com plantas produzidas em série, todas iguais. Mas há os jardins das solidões, que florescem nas pedras. Dominando o vale está a Pedra Branca, lá em Pocinhos. São algumas horas de caminhada, através da mata que se abre para a pedra nua, vulcânica, esculpida por milênios de água e vento. A gente vai subindo e, de repente, aparece o jardim: orquídeas, bromélias, flores, musgos – tudo numa imensa solidão.

As pessoas são assim também. Há os jardins produzidos em série. Parecem diferentes, mas são todos iguais. Quem quiser um que chame um paisagista. E há aqueles que nenhum paisagista sabe fazer. Brotam da rudeza da pedra vulcânica com uma beleza que é só sua.

Pois foi organizado, em Campinas, o "Centro de Vida Independente" – uma ONG (Organização Não Governamental) que tem por objetivo reunir as pessoas portadoras de deficiência

(PPDs). Surgida nos Estados Unidos, nos anos 70, a "Filosofia de Vida Independente" foi criada por portadores de deficiências graves, provenientes, na sua maioria, de ferimentos na guerra do Vietnã. O seu objetivo é encorajar os PPDs a assumir sua vida de maneira independente, sem medos e sem vergonhas: fazer brotar jardins nas pedras brutas. Lembro-me de meu amigo Roberto, brasileiro, nos Estados Unidos. Com a parte inferior do corpo paralisada pela poliomielite, ele vivia sozinho, dirigia automóvel, trabalhava, namorava e estava presente sempre, em sua cadeira de rodas, nos comícios contra a guerra. Se não me engano chegou mesmo a ser preso. Ele nos visitava sempre – e era fácil, pois morávamos no andar térreo. Depois, passamos para o terceiro andar de um edifício sem elevadores. Disse ao Roberto: "Que pena! Agora que vamos para o terceiro andar vai ficar difícil para você!". Ele me olhou, riu e disse: "Você me parece forte bastante para me carregar até o terceiro andar!". E assim ficou sendo. Ele montava às minhas costas e eu o levava, bufando, escada acima...

    Gramani, amigo rabequista. Rabeca é um violino portador de deficiência. Há muito violino fino sem deficiência que só desafina. Nas mãos do Gramani uma rabeca feita de bambu gigante, deficiente, toca Bach. Pois assim são as pessoas...

III
ESPRESSIVO, DELICATO

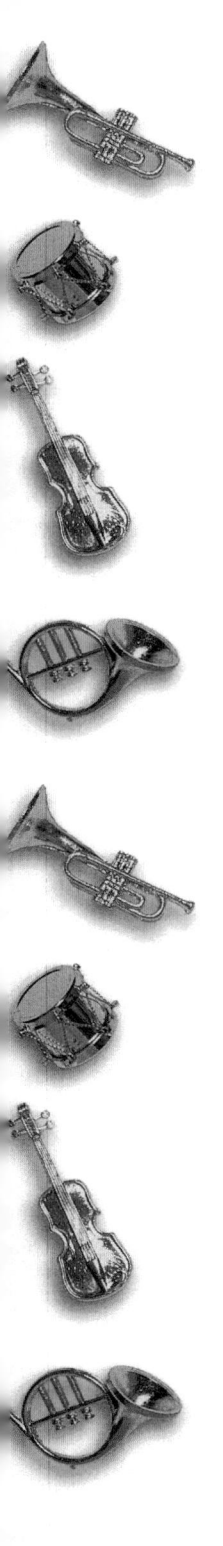

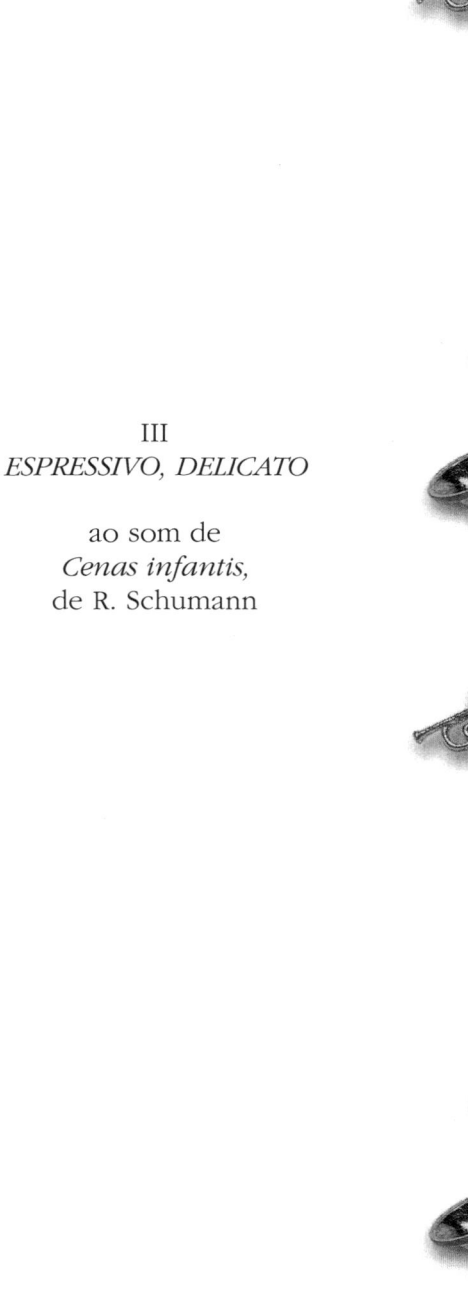

ao som de
Cenas infantis,
de R. Schumann

O MENINO E A BORBOLETA ENCANTADA

Os números me dizem que já se passou muito tempo. Mas a memória ignora: é como se tivesse acontecido ontem. Assim é: o que a memória ama fica eterno. E eternidade não é o sem-fim. Eternidade é o tempo quando o longe fica perto. Riobaldo sabia dessas coisas: "Contar é muito dificultoso", ele disse. "Não pelos anos que já se passaram. Mas pela astúcia que têm certas coisas passadas de fazer balancê, de se remexerem dos lugares. A lembrança da vida da gente se guarda em trechos diversos; uns com os outros acho que nem não misturam. Contar seguido, alinhavado, só mesmo sendo coisas de rasa importância. Assim é que eu acho, assim é que eu conto. Tem horas antigas que ficaram muito mais perto da gente do que outras de recente data. Toda saudade é uma espécie de velhice."

Pois é assim que estou, na saudade, as horas antigas bem perto de mim... Uma menina de cinco anos chora, minha filha. Está com medo. Vou viajar para longe, ficar muito tempo ausente, ela não quer, pede que eu fique, mas não há nada que eu possa fazer. Aparece então uma estória, é sempre assim, elas surgem de repente, sem que eu as tenha pensado, vindo de algum lugar que desconheço... Pois ontem, de repente, passados muitos anos, ela se contou de novo não à menina, mas a mim, com um sorriso matreiro e materno. Talvez porque, dessa vez, seja eu que esteja chorando com medo da saudade. A estória é assim.

Era uma vez uma Menina que tinha como seu melhor amigo um Pássaro Encantado. Ele era encantado por duas razões. Primeiro, porque ele não vivia em gaiolas. Vivia solto. Vinha quando queria. Vinha porque amava. Segundo, porque sempre que voltava suas penas tinham cores diferentes, as cores dos lugares por onde tinha voado. Certa vez voltou com penas imaculadamente brancas, e ele contou estórias de montanhas cobertas de neve. Outra vez suas penas estavam vermelhas, e ele contou estórias de desertos incendiados pelo sol. Era grande a felicidade quando eles estavam juntos. Mas sempre chegava o momento quando o Pássaro dizia: "Tenho de partir". A Menina chorava e implorava: "Por favor, não vá. Fico tão triste. Terei saudades. E vou chorar...". "Eu também terei saudades", dizia o Pássaro. "Eu também vou chorar. Mas vou lhe contar um segredo: eu só sou encantado por causa da saudade. É a tristeza da saudade que faz com que as minhas penas fiquem bonitas. Se eu não for não haverá saudade. E eu deixarei de ser o Pássaro Encantado. Você deixará de me amar."

E partia. A Menina, sozinha, chorava. E foi numa noite de saudade que ela teve uma ideia: "Se o Pássaro não puder partir, ele ficará. Se ele ficar, seremos felizes para sempre. E para ele não partir basta que eu o prenda numa gaiola".

Assim aconteceu. A Menina comprou uma gaiola de prata, a mais linda. Quando o Pássaro voltou eles se abraçaram, ele contou estórias e adormeceu. A Menina, aproveitando-se do seu sono, o engaiolou. Quando o Pássaro acordou ele deu um grito de dor.

"Ah! Menina... Que é isso que você fez? Quebrou-se o encanto. Minhas penas ficarão feias e eu me esquecerei das estórias. Sem a saudade o amor irá embora..."

A Menina não acreditou. Pensou que ele acabaria por se acostumar.

Mas não foi isso que aconteceu. Caíram as plumas e o penacho. Os vermelhos, os verdes e os azuis das penas transformaram-se num cinzento triste. E veio o silêncio: deixou de cantar. Também a Menina se entristeceu. Não era aquele o pássaro que ela amava. E de noite chorava, pensando naquilo que havia feito ao seu amigo...

Até que não mais aguentou. Abriu a porta da gaiola. "Pode ir, Pássaro", ela disse. "Volte quando você quiser..."

"Obrigado, Menina", disse o Pássaro. "Irei e voltarei quando ficar encantado de novo. E você sabe: ficarei encantado de novo quando a saudade voltar dentro de mim e dentro de você..."

A estória termina assim: a Menina na espera, se preparando para a volta do Pássaro. Mas como ela não sabia de onde ele voltaria, todos os espaços ficaram encantados. Ele poderia vir de qualquer lugar. E todos os tempos ficaram encantados: a qualquer momento ele poderia voltar. Quando a saudade apertava seu coraçãozinho, ela dizia: "Que bom! Meu Pássaro está ficando encantado de novo!". E assim, a cada noite ela ia para a cama triste de saudade mas feliz com o pensamento: "Quem sabe ele voltará amanhã...". E sonhava com a alegria do reencontro.

Contei esta estória para a minha filha menina, a Raquel. O tempo passou. O Pássaro mudou seus hábitos. Passou a voar mais nas asas do pensamento que dentro de aviões. Quando se viaja de avião a volta é uma coisa complicada, leva tempo. Quando se viaja no pensamento é diferente. Para se regressar basta um "Oi!", e o viajante está de volta.

E a Menina mudou também. Menina, era ela que vivia engaiolada: não tinha permissão para voar. Mas mesmo que tivesse, não adiantaria: ela não tinha coragem para voar. Só voam aqueles que têm coragem para enfrentar a solidão: a solidão é amedrontadora. Albert Camus me contou que viagem boa é aquela que a gente faz com medo. Nós, humanos, somos estranhas criaturas: gostamos de ter medo. Escalamos montanhas, pendurados nos abismos; lançamo-nos no espaço vazio, confiados em frágeis asas; mergulhamos nas funduras do mar, cercados de perigos. Assim também as viagens – para serem mais que deslocamentos banais no espaço têm de ser saltos no desconhecido, com todos os seus calafrios. A Menina não podia voar porque não tinha asas no corpo. E não tinha asas na alma. As asas da alma se chamam coragem. Coragem não é ausência do medo. É lançar-se, *a despeito* do medo.

O Pássaro, distraído, pensava na Menina sempre como uma criança sem asas. Não notou que algo estranho estava acontecendo: começaram a crescer asas nas suas costas. Não asas de pássaro. Ninguém é igual. Delicadas asas de borboleta. Crescidas as asas, finalmente chegou aquilo que mais cedo ou mais tarde teria de acontecer. A Menina chegou-se ao Pássaro e lhe disse: "Tenho de partir".

O Pássaro teve vontade de dizer: "Por favor, não vá...". O Pássaro tinha medo da distância. A Menina estando perto ele cuidaria dela. Bastaria que ela ficasse triste para que ele se aproximasse. Queria poupar-lhe o perigo, a saudade, a solidão. Queria que ela estivesse segura. Mas ele sabia que segurança, mesmo, só dentro da gaiola. E dentro de gaiolas não existe a alegria. Borboletas vivem em casulos fechados só por algum tempo. De repente elas saem para a vida, para o voo, para o perigo, para a alegria.

O *script* da estória mudou. Tem de ser uma outra estória. O Pássaro Encantado virou um Menino de (poucos) cabelos brancos. Na sua mão está pousada uma Borboleta colorida. Ele a contempla, encantado. Mas sabe que esse momento, a Borboleta pousada na sua mão, é efêmero. Ele olha e espera. A Borboleta vai voar. E ele diz, triste pela partida, e feliz pelo voo da Borboleta: "Voa! Terei saudades. Mas sei que são as saudades que nos tornam criaturas encantadas...".

TUDO POR CAUSA DO OLHAR

O textos sagrados dizem que no princípio era o Paraíso. Homem e mulher, seus corpos tranquilamente nus, gozavam da felicidade do olhar do outro. Os olhos do outro eram uma carícia. O Paraíso começa no olhar. Aí houve uma perturbação: um fruto delicioso provocou uma metamorfose malvada – os olhos se transformaram. Homem e mulher começaram um a ter medo do olhar do outro. Tiveram vergonha do próprio corpo. Fizeram precárias tangas de folhas de figueira. Deus teve pena deles. Compreendeu que o Paraíso, pelo poder do mau-olhado, estava definitivamente perdido. O Criador lhes deu então, como presente de misericórdia, a permissão para viverem pelo resto dos seus dias se escondendo um do outro. E até lhes fez túnicas com que cobrissem o corpo. O Paraíso foi perdido e os portões se fecharam. Tudo por causa do olhar.

Fechados os portões do Paraíso. Fechada a porta da cozinha. As ordens eram para que a menina não entrasse nos salões da casa, preparados para o baile. Naquela noite tudo deveria ser lindo e perfeito. Não seria uma menina feia e desajeitada que iria perturbar aquele momento de glória para a mãe e as irmãs, todas lindas. A presença da menina nos salões de festa iria criar espanto nos olhares, provocaria desconforto e vergonha e, com isso, a necessidade de explicações. Mãe e filhas tudo fizeram para que os seus olhos e os olhos dos convidados fossem poupados. Por isso a menina deveria ficar na cozinha.

Não era a primeira vez. Ela sempre fora diferente. Na estória do Disney ela era órfã linda e tinha uma fada madrinha protetora, que se encarregou de fazer com que sua beleza resplandecesse. Na estória original não foi assim.

Uma vez o pai... O que me intriga nessas estórias é o papel dos pais: homens bons, cheios de amor, mas sempre distantes, sem perceber o sofrimento da filha e a maldade da mulher. Onde está o pai da Branca de Neve? Acho que ele morava dentro do espelho; ele era o espelho. Seus olhos estavam enfeitiçados pela mulher vaidosa, que só pensava em si. Mas, de repente, seus olhos se abrem: ele vê a filha. É aí que a mãe-madrasta se transforma em bruxa: ela não podia suportar que o marido tivesse, para a filha, o olhar que não tinha para ela. A inveja sempre transforma as pessoas em bruxas. E o pai? Não mais se ouve falar dele. Sumiu nos cacos do espelho. Numa outra estória a madrasta enterra a enteada. O pai, ingênuo bobão, não percebe nada. Quem se dá conta do ocorrido é o jardineiro.

Os pais: serão eles uns bobos? Como explicar isso, que os pais, tendo olhos, nada vissem? Sei não. Não entendo.

Pois o pai da Cinderela, indo fazer uma viagem por terras distantes, chamou as filhas e disse-lhes que lhe contassem dos presentes que desejavam receber. A primeira pediu vestidos de grifes famosas. A segunda pediu perfumes franceses. Cinderela, bobinha, coitadinha, sem nada entender do jogo das vaidades urbanas e movida por sentimentos rurais, fez um pedido estranho: que ele, o pai, lhe trouxesse o primeiro galho de árvore em que sua cabeça esbarrasse. E assim aconteceu: cada uma recebeu os presentes pedidos. A menina, com o galho quebrado em sua mão, enterrou-o no campo, regou-o, cuidou dele. O galho pegou, cobriu-se de folhas, transformou-se em árvore frondosa, onde os pássaros faziam seus ninhos. Quando a menina ficava triste, ela vinha contar suas dores à árvore. A árvore era a sua mãe. Pois mãe é isso: o lugar onde se pode chorar sempre sem ter vergonha.

Lugares onde se pode rir são muitos: as festas, os bares, os jantares, Disneyworld, com amigos e desconhecidos. Os risos não necessitam justificativas. Mas são poucos os lugares onde se pode chorar, sem sentir vergonha, e sem ter de suportar a tolice dos insensíveis que desejam transformar o choro em riso: eles não entendem. "Mãe é o lugar onde se pode chorar sem sentir vergonha."

Que linda metáfora essa, para uma mãe: árvore. As árvores estão sempre à espera. Acolhem aqueles que as buscam na sua sombra. São silenciosas. Sabem ouvir. Não têm pressa.

Sob as árvores os pensamentos se aquietam. Elas nos falam da estupidez dos homens e mulheres, na sua correria, sempre em busca dos olhares dos outros. Coitados dos adultos: sempre prisioneiros dos olhos dos outros e dos pensamentos que imaginam morar neles. Árvores não têm olhos. Por isso elas não fazem comparações. Não dizem que esse é mais bonito que aquele. (Malditos sejam os boletins escolares! Espelhos onde as madrastas procuram o rosto dos seus filhos! Servem para fazer comparações. Boletins separam as crianças que vão para o baile, das crianças que vão para o borralho. São os boletins que situam as crianças no jogo das comparações e de invejas que os pais jogam com seus filhos.)

Naquela árvore moravam os pássaros, amigos da menina. Avezinhas, símbolos de fragilidade e inocência.

Na estória do Disney tudo termina bem, e a madrasta malvada e suas filhas horrorosas sofrem o castigo de ter de contemplar o triunfo da Cinderela. Na estória original é diferente. Os pássaros, emissários da árvore-mãe, acompanham a procissão que seguia o casamento da Gata Borralheira com o Príncipe. Na subida da escadaria da igreja, vêm eles, velozes, e com seus bicos afiados furam um olho da madrasta e das duas irmãs. Na saída do casamento, na descida da escadaria, vêm eles novamente e furam o outro olho das três. Doce é a vingança. Foram castradas do seu órgão mais terrível.

Diz o Pequeno Príncipe que "o essencial é invisível aos olhos". Tirésias, o vidente cego do mito de Édipo, segundo o próprio Édipo, era aquele que, sendo cego, via as coisas que os que viam não viam. Será que a madrasta e suas filhas, ao ficarem cegas, se transformaram em videntes e passaram a ver o essencial? Não posso responder. A estória não revela se madrasta e filhas passaram a ver o que não viam. O que eu sei é que é surpreendente a cegueira daqueles que têm olhos perfeitos. Os pais, em todas essas estórias, tinham olhos perfeitos e nada viam. E são muitas as mães de barriga que jamais veem os seus filhos. O que veem é, de um lado, aquilo que desejam que os filhos sejam: bonitos, inteligentes, encantadores, heroicos, geniais, bem-sucedidos, seres de palco, recebendo os aplausos – e, ao seu lado, eles mesmos dizendo: "Fui eu que fiz! Fui eu que fiz!". E, do outro, seus filhos, crianças comuns, limitadas, não muito bonitas, não muito inteligentes, sem encantos especiais nem virtudes de palco – crianças simplesmente, que poderiam ser felizes se os olhos dos seus pais não as transformassem em Gata Borralheira. Quando isso acontece só resta aos pais rezar para que os pássaros não venham para realizar a vingança.

OS OLHOS DA MADRASTA

Se eu tivesse intimidades com o Criador eu lhe diria que há uma coisa a se fazer para aliviar o sofrimento das crianças: é só trocar os olhos dos pais. Pôr, no lugar dos seus olhos, os olhos dos avós. Os olhos dos avós veem os netos de um jeito diferente do jeito como os olhos dos pais veem os filhos. Sei disso por experiência própria. Quando eu era pai jovem eu via apressado. Meus olhos corriam, agitados, pelas dez mil coisas que nos rodeiam. Eles não haviam aprendido ainda a distinguir o essencial. Para se ver o que há de essencial numa criança é preciso um olhar vagabundo, olhar que passeia, sem pressa, sobre o filho que brinca. Um filho brincando é felicidade que passa muito rápido. Os olhos dos pais são olhos administrativos: tentam administrar a infância, achando que assim o futuro vai ficar garantido. (Tolos, nem sabem se haverá futuro...) Os olhos dos avós são olhos sábios, no sentido preciso da etimologia da palavra: *sapio*, em latim, quer dizer, "eu degusto". As crianças são objetos de degustação.

Tenho muito dó das crianças – vítimas das perturbações dos pais. Quanta maldade se faz contra elas – desde as surras e torturas sádicas que frequentemente terminam em morte, até as maldades cotidianas e normais, que se fazem com a lâmina do olhar e com os murros da voz. E elas, coitadinhas, crianças, são fracas, nada podem fazer. Só lhes resta encolher de medo. As razões infantis nada podem contra os argumentos adultos da força. Dostoievski conta de uma dessas vítimas da maldade dos pais – sozinha, durante a noite fria, fechada num quarto escuro, como castigo por alguma traquinagem que tivesse feito. E ela batia com suas mãozinhas na porta, chorando... E ele comenta que nada, absolutamente nada, em todo o universo, poderia justificar ou perdoar uma crueldade assim.

Gosto muito das estórias para crianças, as antigas, as clássicas, com todo o seu horror. Os filmes do Disney as estragaram. O horror lhes foi tirado. Foram transformadas em estórias "bonitinhas". Roubadas do horror elas viraram diversão inócua. Perderam seu poder de revelação e de cura. As estórias antigas não foram escritas para divertir. Foram escritas para horrorizar. Frequentemente é no horror que acontecem as revelações e transformações.

Há, no Antigo Testamento, um incidente maravilhoso. O rei Davi havia seduzido e engravidado Betsebá, esposa de um dos seus generais, Urias, enquanto esse se encontrava na guerra. Sem saber o que fazer, imaginou que a morte de Urias o tiraria daquela situação insuportável. Deu ordens aos seus capitães para que abandonassem o marido enganado na frente de combate, para que fosse morto pelos inimigos. Assim se fez. Consumado o crime, o profeta Natã compareceu perante o rei e lhe relatou uma situação, pedindo que o rei desse a sentença. "Um homem rico era possuidor de milhares de ovelhas. O seu vizinho, homem pobre, possuía uma única ovelha, que ele muito amava. Pois o rico, desejando comer carne de ovelha, roubou a única ovelha do seu vizinho pobre, matou-a e comeu-a." O rei, ouvindo o relato, se enfureceu e deu a sentença: "Seja morto, o tal homem". O profeta, olhando-o nos olhos, lhe disse: "Tu és esse homem".

Assim são as estórias-armadilhas. A gente pensa que estão falando sobre uma outra pessoa, numa terra distante, muitos anos atrás, e de repente se dá conta de que aquela é a nossa própria estória. A gente fala sobre a estória da Branca de Neve, a estória da Cinderela, pensa que são mentiras que não aconteceram – era uma vez, numa terra distante –, não se dá conta de que elas acontecem em nossa própria casa.

Lendo as estórias fico imaginando a situação que as teria provocado. Sei que nasceram de feridas. Estórias são sangramentos que escorrem de feridas.

De que ferida escorreu a estória da Cinderela? O sofrimento de uma criança.

Quem a inventou? Acho que foi uma ama velha, que olhava para uma menina com olhos de avó. Era ela que fazia a menina dormir numa cama de empregada, enquanto o baile acontecia nos salões da casa, do outro lado da porta fechada. Ela contou essa estória para fazer a menina dormir.

A estória fala de uma *madrasta*. Mulheres que fazem o que aquela fez só podem ser madrastas. Mas seria madrasta mesmo? Os contadores de estórias sabem que os nomes verdadeiros não podem ser ditos – como nos sonhos. A ama tinha medo de dizer o nome verdadeiro. É perigoso denunciar a patroa. Acho que não era madrasta. Era mãe mesmo.

Disney fez uma interpretação doce da estória. A madrasta era real, malvada e feia. Suas duas filhas eram horrorosas e despeitadas. As três não suportavam a beleza da filha do marido. Roídas de inveja, e valendo-se da ausência do pai, trataram de se livrar dela, segregando-a na cozinha.

Mas há de considerar uma outra hipótese. Mãe e três irmãs. Das três irmãs, duas eram bonitas e inteligentes. A terceira era desajeitada e feia – possivelmente com um pé defeituoso. Se ela tivesse um pé normal não há formas de se explicar o fato de que um sapato só servisse no pé dela. Alguma outra, no reino, deveria calçar o mesmo número. É possível até que ela tivesse Síndrome de Down. A menina era um motivo de vergonha, uma causa de situações embaraçosas.

Quando a mãe olhava para as duas filhas bonitas, os seus olhos sorriam. E elas sabiam disso. Mas quando ela olhava para a outra filha, os seus olhos se enchiam de vergonha. E a menina sentia isso.

Das duas primeiras ela era mãe. Porque é pelo olhar que a mãe se dá a conhecer.

A terceira foi abortada pelo olhar da mãe. Agora, que se fala tanto sobre o aborto, os religiosos não percebem que se entre os bichos a maternidade é coisa de útero, entre os humanos não é assim. Os seres humanos são gerados nos olhos das mães. Os olhos têm o poder de comunicar beleza ou feiura, transmitir vida ou morte.

É certo que a mãe das duas primeiras filhas era madrasta da terceira. A menina lhe causava vergonha. Como explicar para os outros (ah! os olhos dos outros, arapucas do nosso corpo!) que aquela menina fosse sua filha, que ela tivesse saído de dentro dela? Era-lhe insuportável que ela não pudesse exibir aquela filha para os olhos das outras mães, no jogo de comparações e invejas em que mães e pais jogam os seus filhos.

Por isso a menina foi colocada num lugar "longe dos olhos", junto das cinzas e do borralho. Qual era o nome dela? Não se sabe. Sabe-se apenas o apelido: *Cinderela*, aquela cujo corpo era feito de cinzas. Ou *Gata Borralheira:* aquela que, junto aos gatos com frio, dormia ao lado do borralho, para se aquecer. Ela não gozava da felicidade do calor do corpo e dos olhos da mãe. Aquela cozinha onde ela vivia eram os olhos de sua mãe-madrasta.

IV
ANDANTE CON ESPRESSIONE

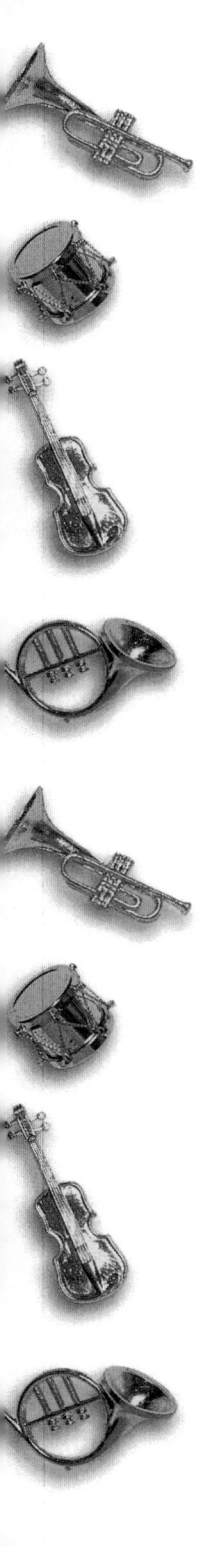

com a trilha
sonora do filme
Como água para chocolate

CHURRASCOS

Houve um período em que fui vegetariano. Não por dieta ou religião. Simplesmente aconteceu. Eu estava estudando a vida de Gandhi, a fim de escrever o livrinho-poema *A magia dos gestos poéticos*, e repentinamente, contra a minha vontade, passei a sentir nojo de carne. Tornei-me, então, por razões de alma, vegetariano. Terminado o livro, fiz as pazes com a carne dos animais.

Fui questionado sobre meus hábitos alimentares num congresso. Achavam que meu estilo de escrever e meu amor pelos animais exigiam que eu fosse vegetariano. Obrigaram-me a confessar: "Você come carne?". Respondi honestamente: "Se eu fosse rei, imperador, ditador, baixaria logo um decreto vegetariano, para proteção dos animais: 'Fica terminantemente proibido que se matem animais para fins alimentares. De hoje em diante todos deverão só comer as coisas que a terra produz: frutas, legumes, hortaliças, cereais etc.'. Essa é a minha vontade". Aí acrescentei uma reflexão antropológica baseada num relato que me foi feito pelo Carlos Rodrigues Brandão, vegetariano convicto e que ama os escorpiões, até mesmo quando é picado. Contou-me de uma certa tribo de índios, antropófaga, que devora seus mortos queridos. Acusados pelos civilizados de barbarismo, os índios argumentam: "Bárbaros são vocês, brancos. Vocês não amam os seus mortos. Mortos, vocês os enterram em covas profundas, para serem devorados pelos vermes. Mas nós amamos os nossos mortos. Desejamos que eles continuem vivos. Desejamos que eles continuem próximos de nós. Mas, para isso, só há um recurso: eles continuarão vivos e ficarão próximos se nós os comermos. Ficarão vivos e próximos *em nós*". Aí eu concluí: "Sinto o mesmo pelos animais. Eu os amo. Queria que eles continuassem vivos e próximos. Fosse imperador ou ditador baixaria aquela lei. Não sou. Eles estão mortos. Estando já mortos, o único ato de amor que me resta é comê-los, para que eles continuem vivos em mim". Não sei se a minha justificativa convenceu. O fato é que provocou muito riso.

Não sou vegetariano. Mas tenho horror a churrascos. Churrascos me provocam pesadelos surrealistas. Como se sabe, Descartes dizia que somos o que pensamos: "Penso, logo sou". Sou o que penso. O filósofo alemão Ludwig Feuerbach, que muito influenciou Marx, discordou. Disse que "somos aquilo que comemos". O "ser" tem a ver com o comer.

Esse aforismo é passível de várias interpretações, uma delas sendo de inspiração psicanalítica. Eu acho (os psicanalistas nada têm a ver com esta heresia) que o corpo é um palco onde moram muitos atores. Todos eles têm a mesma cara, mas todos vestem fantasias diferentes. Há um ator principal, que ocupa a cena a maior parte do tempo. Vez por outra, entretanto, vem uma deixa que faz com que um outro ator saia de trás da cortina onde se escondia e entre em cena. Aí o ator principal sai de cena e o outro lhe rouba o espetáculo. Eu viro outro – um outro que sou eu também.

Pois eu acho que o aforismo "somos o que comemos" pode ser interpretado assim: a comida é uma "deixa" que faz aparecer um ator que eu fico sendo enquanto como. O "ser" que devora um churrasco não é o mesmo que toma uma sopa de aspargos. Sugiro, assim, aos meus colegas psicanalistas, que ao seu interesse freudiano pelos sonhos se acrescente o interesse pelos hábitos alimentares dos seus pacientes: o que você come revela o que você é.

E quem é o ator que aparece para comer o churrasco? É o troglodita que mora em nós, o homem das cavernas, primitivo. Duvidam? É só ir a uma churrascaria de rodízio para que todas as dúvidas sejam eliminadas. Existirá espetáculo mais grosseiro do que o ataque dos garçons com seus espetos cheios de filés, alcatras, maminhas, bistecas, linguiças? O que é ofensivo não é a carne. É o espetáculo. Tenho um projeto sádico de, um dia, fazer um filme numa churrascaria. O que eu filmaria? Só as bocas abocanhando a carne e mastigando. Um apaixonado jamais convidaria a sua amada para um espetáculo desses. Porque o "ser" – no sentido filosófico – que aparece em torno da devoração de um churrasco é tudo, menos um "ser" romântico e amoroso. Os amantes preferirão uma sopa de aspargos. Já um político não convida seus correligionários para sopas. É para churrascos, coisa de homem, coisa de "matcho". O churrasco é o produto mais primitivo da culinária. Antes dele era a carne crua. Aconteceu por acaso: o fogo aceso, na caverna, por causa do calor. Os trogloditas ao redor da carne crua. Veio o sono. Dormiram. Quando acordaram, o fogo havia queimado a carne. Ficaram bravos mas resolveram comer assim mesmo. Descobriram que a carne havia ficado mais macia e mais gostosa. Assim se inventou o churrasco. O churrasco é a primeira técnica culinária de que se tem notícia. Era só jogar a carne na brasa. Levou séculos, talvez milênios, para que nossos antepassados tivessem a ideia de usar espetos. O cheiro da gordura queimada que pinga sobre as brasas é a "deixa" olfativa que faz o troglodita que mora em nós sair da caverna em que se esconde.

    Mas a minha maior objeção ao churrasco é de outra ordem. Um dos maiores avanços na história do homem foi o domínio do fogo. A princípio o homem não tinha a técnica da produção do fogo. O fogo acontecia naturalmente, como resultado de raios e incêndios. Ele tinha de ser "colhido", sob a forma de paus incendiados ou brasas, levado para a caverna e cuidado. Se não for cuidado, ele morre. Tinha de haver alguém que cuidasse dele. Os homens saíam para caçar. As mulheres ficavam na gruta. A elas competia cuidar do fogo. Sem fogo não há luz, não há calor, não há comida. Com isso elas aprenderam a sua importância: eram as guardiãs do fogo, seres semissagrados, que mantinham viva a dádiva dos deuses. E assim, através dos séculos, se estabeleceu essa divisão: os homens vão e voltam, enquanto as mulheres ficam, cuidando do fogo.

Aí os homens ficaram com inveja das mulheres. O mito de Prometeu revela que os homens estão sempre querendo roubar o fogo de quem tem. Daí o fascínio dos homens pela cozinha – querem se meter, cozinhar. Me lembro, lá em Minas, das mulheres expulsando seus maridos de casa em dias feriados: "Lugar de homem é na rua". Traduzindo: você é caçador, seu lugar é longe do fogo. No fogo mando eu.

Mas aí surgiu a novidade: a churrasqueira. Churrasqueira é fogo fora da cozinha, longe dos domínios da mulher. Fogo de brincadeira, efêmero, em dia feriado. É fora, ao ar livre, como nos velhos tempos da caverna. Aí, na churrasqueira, sem atrapalhar ou sujar a cozinha, o homem pode brincar de ser dono do fogo: e a mulher, dona verdadeira do fogo, deixa. E observa, até com ternura, o seu homem brincando de troglodita. É muito "matcho"...

SOPAS

Se Deus me dissesse para escolher a comida que eu iria comer no céu, por toda a eternidade, eu não teria um segundo de hesitação: escolheria sopa. Camarão, picanha maturada, salmão à Dalí, os pratos mais refinados: tudo me seria insuportável após umas poucas repetições. Mas não é assim com as sopas. Posso tomar sopa por toda a eternidade, sem me cansar.

Minha relação com as sopas é mais que gastronômica: é uma relação de ternura. Elas me reconduzem à cozinha de minha casa de menino, ao fogão de lenha, às tardes de inverno. A janta (janta, mesmo; jantar é coisa de rico) era servida às cinco da tarde. Ah! Uma sopa quente que se toma numa tarde fria é uma lareira que se acende no estômago. O calor, aos poucos, se espalha pelo corpo. Com umas gotinhas de pimenta, então, ele se transforma em suor, e se a gente não usa o guardanapo a tempo, as gotas de suor na testa acabam por cair no prato da sopa...

Para mim a sopa é um sacramento de intimidade: um objeto físico, presente, no qual vive uma felicidade que se teve, ausente. A sopa quente me transporta para outros lugares, outros tempos. Faço e gosto de sopas frias. Sopa fria de maçã, por exemplo, tem um sabor exótico. Agrada-me ao paladar. Mas falta a essas sopas sofisticadas o elemento sacramental: elas não me levam a lugar algum. Falta-lhes o calor para me reconduzir ao espaço de intimidade.

Sopa é comida de pobre. Sopa fina, creme de aspargos, creme de palmito, sopa gelada de maçã, é nobreza posterior. As sopas fundamentais se fazem com sobras. Sobra, é só pobre quem guarda. Sopa é comida de guerra, de fome, quando qualquer raspa de comida é bem precioso, que não pode ser perdido. Rico não guarda sobra. Não precisa. É humilhante. Sobra de rico vai para o lixo. Sobra de pobre vai para o caldeirão de sopa. As sopas fundamentais se fazem com sobras, destinadas ao lixo. A sopa é uma poção mágica por meio da qual o que estava perdido é salvo da perdição e reconduzido à circulação da vida e do prazer.

A imaginação de Bachelard diz que a matéria também imagina. A água imagina arcos-íris. As sementes imaginam flores e árvores. O mármore imagina *Beijos* (Rodin) e *Pietàs* (Michelangelo). Os rios imaginam nuvens (Heládio Brito). As comidas também imaginam. O churrasco imagina espetos, facas, garfos: objetos fálicos, masculinos, infernais. O churrasco precisa de perfurações, cortes, dilacerações. As mandíbulas lutam com a carne. A carne resiste.

Já a sopa é mansa. Não é para ser comida. A colher é um côncavo, um vazio, o feminino. Nada é perfurado. O gesto é o de "colher": a colher colhe, sem violência. Sempre tive implicância com uma etiqueta esnobe, para a tomação de sopa: que o delicado é tomar a sopa com o *lado* da colher, e não com o bico. Ora, ora, eu argumentava, por analogia a gente deveria comer comida sólida com o lado do garfo – o que não é possível. De fato. Não é possível. É que o garfo pertence à ordem dos talheres pontiagudos, perfurantes: entram pela frente. A colher pertence à ordem dos talheres discretos e modestos: entram pelo lado, mansamente...

Salvador Dalí, quando menino, sonhava em ser cozinheiro. Preferiu a pintura e produziu suas maravilhosas telas surrealistas. O realismo, em pintura, se constrói sobre o pressuposto de que as coisas são aquilo que parecem ser, nem mais nem menos. Os olhos, diante de uma tela realista, jamais experimentam a surpresa do impossível ou do impensado. O realismo confirma aquilo que os olhos comumente veem. O surrealismo, ao contrário, acha que aquilo que os olhos comumente veem é muito pouco: se olharmos com atenção perceberemos que as coisas são, ao mesmo tempo, o que são e também outras: elefantes se refletem nas águas de um lago como cisnes, cenários compõem o corpo erótico de uma mulher, o corpo de Cristo é transparente e através dele se veem mares, montanhas e barcos. O realismo confirma o criado. O surrealismo recria o criado.

As sopas são a versão culinária do surrealismo. Tivesse realizado sua vocação primeira, Salvador Dalí seria um especialista em sopas. Pois as sopas se fazem *negando* as coisas, na sua realidade natural bruta, e transformando-as por meio das relações insólitas que o *caldo* torna possíveis. O caldo da sopa é o meio mágico que junta no caldeirão aquilo que, na natureza, nasceu separado. Creio ser impossível catalogar as combinações possíveis: fubá, trigo, batata, alho, cebola, nabo, cenoura, tomate, ervilha, ovo, abóbora, mandioca, cará, inhame, carne, peixe, galinha, mariscos, repolho, couve, beterraba, aspargo, palmito, feijão, arroz, queijo, azeitona, pão, maçã, abacate, temperos, pimentas, orégano, tandore – uma canja verdadeira não é canja se lhe faltarem algumas folhinhas de hortelã. E é preciso não nos esquecermos de que sopa é a única comida que pode ser feita com pedra, como nos é relatado numa estória clássica que se conta para crianças e adultos.

Gosto das sopas, ainda, por serem elas entidades do mundo dos magos, bruxas e feiticeiros. No mundo mágico não se usa churrasco. Magos, bruxas e feiticeiros fazem suas poções em enormes caldeirões de sopa, como é o caso de Panoramix, druida do Asterix e do Obelix, que prepara sua beberagem de força imbatível num caldeirão de sopa fervente.

Prefiro as sopas rústicas – e fazê-las me dá um grande prazer. A sopa de fubá em suas múltiplas versões, o caldo verde, a canja com hortelã, a multicolorida sopa de legumes: sopas são sempre uma alegria. As sopas rústicas dão permissão para se jogar nelas o pão picado. Haverá coisa mais feliz que isso? Reúno-me com alguns amigos, às segundas-feiras, para ler poesia, ao redor de um prato de sopa.

Uma última informação: sopas são remédios maravilhosos contra depressão. Quando a sopa quente, cheirosa, colorida e apimentada bate no estômago, a tristeza se vai e a alegria volta. Não há melancolia que resista à magia de um prato de sopa...

ARROZ COM FEIJÃO, PICADINHO DE CARNE E TOMATE

Vou escrever rude e direto. Há ocasiões em que não há tempo para delicadezas e rodeios. É muito mais tarde do que se imagina.

Você acha que a sua vida é uma droga, que ela não é nada daquilo com que você sonhou. Você, que torce o nariz e se recusa a comer o arroz com feijão, picadinho de carne e tomate que lhe são servidos, alegando que você merece caviar e lagosta: digo-lhe que é melhor você criar juízo e comer o arroz com feijão, picadinho de carne e tomate que estão no seu prato – é comida muito gostosa, especialmente quando comida com um pouquinho de pimenta e amor.

Deixe as suas queixas para quando houver razões para elas: quando sua mulher morrer de leucemia, e você ficar sozinho, quando o seu marido ficar sem trabalho e mergulhar na depressão, quando o seu filho morrer num desastre de carro, quando o médico lhe disser que você está com câncer. Não, não estou fazendo o jogo do contente da Poliana nem usando o argumento "muita gente está pior que você". O jogo do contente é um jogo de mentiras. E o jogo do "muita gente está pior que você" não consola. A desgraça do outro não é razão para eu estar feliz. Estou simplesmente tentando chamar você à razão. O que estou dizendo é que você está infeliz não por culpa da vida mas por sua própria culpa. Não é a vida que está estragando você. É você que está estragando a vida.

Cada vez eu mais me impressiono com a loucura das pessoas. Que é que você diria de alguém que vai pela vida espalhando fezes por onde passa? Faz isso e depois se queixa de que a vida está fedendo. Com razão. O número de pessoas infelizes em decorrência do mau cheiro de suas próprias fezes é muito maior do que se pensa. Assim, cuidado quando você se queixar da vida. Queixas sobre a vida, frequentemente, revelam as perturbações intestinais de quem se queixa.

Meu conselho é que você examine atentamente os seus olhos. Você tem medo das pessoas que têm mau-olhado, aquelas de cujos olhos flui um poder maléfico que mata tudo o que toca. Já ouvi relatos de avencas e samambaias viçosas que secaram no prazo de um dia pelo poder cáustico do olho mau.

Sobre o poder do olho mau das outras pessoas sobre a nossa vida eu nada posso dizer nem sei se acredito. Mas sei dizer e acredito no poder do nosso olho mau sobre a nossa própria vida. Arroz com feijão, picadinho de carne e tomate, vistos com olho mau, são comida de mendigo.

Jesus, sábio conhecedor dos segredos do corpo e da alma, disse que "os olhos são as lâmpadas do corpo. Quando a luz dos olhos é negra o mundo todo fica mergulhado em trevas. Quando a luz dos olhos é colorida o mundo vira um arco-íris". O mundo não muda. Mudam-se os olhos com que nós o vemos. E aí as coisas mínimas viram motivo de assombro. William Blake falava sobre "ver um mundo num grão de areia e um céu numa flor silvestre". Mas os olhos maus veem ao contrário. Diante do mundo radiante eles só veem pedras e diante do céu estrelado eles só veem fezes.

Não é a sua vida que vai mal. É a sua alma.

Quando a gente vai aos oftalmologistas, na sala de espera geralmente estão aqueles quadros coloridos com cortes longitudinais dos olhos, para explicar como é que a gente vê. Acontece do jeito mesmo como numa câmera fotográfica: a luz vem de fora, passa por um buraquinho, atravessa uma lente, e vai deixar a imagem do objeto que ela refletiu lá no fundo.

Isso é verdade para o fato da visão, do ponto de vista da física. Mas não é assim que nós vemos. Blake diz que "a árvore que um tolo vê não é a mesma árvore que um sábio vê". Bernardo Soares explica, dizendo que isso é assim porque "nós só vemos o que nós somos".

Aconselho que você cuide dos seus olhos. Cuidado com eles! Têm uma aparência de inocência, parece que nunca são culpados de nada. O fato é que eles são capazes de coisas terríveis. É através deles que o lixo que mora em nós escorre para o mundo e o empesteia.

Traga sempre com você um vidro do colírio anti-inveja. Inveja é uma doença ocular, ainda não catalogada pelos oftalmologistas. Mas todos já a experimentaram. Ela se caracteriza por uma perturbação no movimento dos olhos. Pelo menos é assim que a descreveu Fernando Pessoa, que rogou aos deuses que o livrassem da "inveja, que dá movimento aos olhos". Explico. Você está ali diante do prato de arroz com feijão, picadinho de carne e tomate, cheirinho de pimenta e amor! Pura delícia infantil! O corpo sorri, antegozando o prazer. Aí os seus olhos fazem um movimento lateral, e veem que os seus vizinhos estão comendo caviar com lagosta. Quando os seus olhos voltam para o seu prato de arroz com feijão, picadinho de carne e tomate, não é mais o feliz prato de infância que eles veem. É um prato de mendigo. E a alegria se vai.

Se lhe faltar o colírio, leia o livrinho *Duas dúzias de coisinhas à toa que deixam a gente feliz.* Faz o mesmo efeito. Transcrevo ele inteiro:

Passarinhos na janela
pijama de flanela
brigadeiro na panela.
Gato andando no telhado
cheirinho de mato molhado
disco antigo sem chiado.
Pão quentinho de manhã
dropes de hortelã
o grito do Tarzan.

Tirar sorte no osso
jogar pedrinha no poço
um cachecol no pescoço.
Papagaio que conversa
pisar em tapete persa
eu te amo e vice-versa.
Vaga-lume aceso na mão
dias quentes de verão
descer pelo corrimão.
Almoço de Domingo
revoada de flamingo
herói que fuma cachimbo.
Anãozinho no jardim
lacinho de cetim
terminar o livro assim.

Da tradição Zen vem esta estória que eu quero lhe contar:

Um homem estava numa floresta escura. De repente ouviu um rugido terrível. Era um leão. Aterrorizado, ele se pôs a correr como louco. Não viu por onde ia, caiu num precipício. No desespero da queda agarrou-se num galho. Ali, entre o leão acima e o abismo abaixo, ele ficou. Foi então que ele, olhando para a parede do precipício, viu ali um pé de morango. E, nele, um morango gordo e vermelho. Estendeu o seu braço, colheu o morango e o comeu. Estava delicioso.

Assim termina a estória.

Já é mais tarde do que você imagina. Não perca os momentos bons que a vida está lhe oferecendo, enquanto você se encontra sobre o abismo. Pode chegar um momento em que você venha a dizer: "Que pena que não comi com alegria o arroz com feijão, picadinho de carne e tomate". Mas aí será tarde demais. Lembre-se: o passado já foi. Não há o que lamentar. O futuro ainda não chegou. Não há o que gozar. A única coisa que temos é o momento. Não perca o agora!

Em tempo: O autor do livrinho *Duas dúzias de coisinhas à-toa que deixam a gente feliz*, Otávio Roth, não chegou a ver seu livro impresso. Não pôde comer o seu próprio morango. O galho da árvore onde ele estava dependurado se partiu. Ele caiu no abismo.

V
SINCOPADO

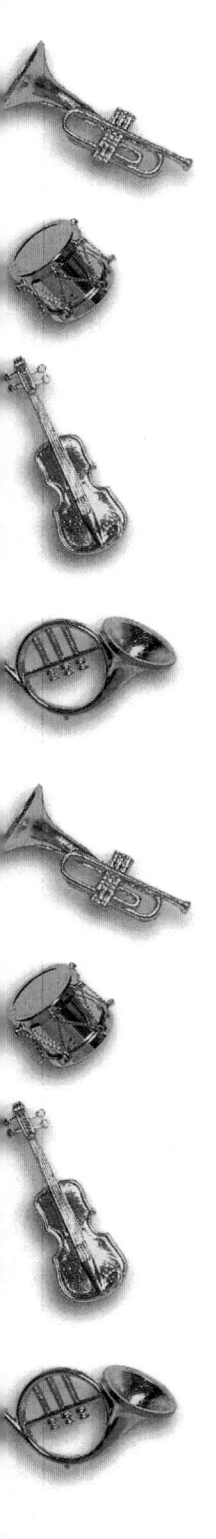

de Paul Furlan,
*Concerto para gargarejo,
máquina registradora e buzina,*
como acompanhamento

SOBRE O CRIME E A INTELIGÊNCIA

Do cachimbo de Sherlock Holmes eu me lembro. De sua arma não me lembro. Do bigode de Hércules Poirot eu me lembro. De sua arma não me lembro. Do calhambeque do detetive Columbo eu me lembro. De sua arma não me lembro. Detetives famosos. Não usavam armas. Trabalhavam com a cabeça. O crime se combate com a inteligência.

O livro: *Viagem a Ixtlan*. Contém a sabedoria de um bruxo índio, D. Juan. Carlos Castañeda, antropólogo, estava curioso para saber sobre os usos que os índios faziam de plantas alucinógenas. Fez amizade com um velhinho, esperando que ele lhe indicasse os caminhos para obter as informações que desejava. Não sabia que o velhinho, D. Juan, era um bruxo.

Foi buscar ciência. Ganhou sabedoria. O livro referido contém a sabedoria de D. Juan. Um dia, andando pelos cerrados, conversam os dois sobre a arte da caça. D. Juan lhe diz: "Caçador não é aquele que sabe armar as armadilhas. Caçador é aquele que conhece os hábitos da caça". Espingardas e redes não fazem o caçador. Espingardas e redes são incapazes de pegar a caça. Para isso é preciso que o caçador saiba os hábitos da caça. Sabendo os seus hábitos o caçador a espera no lugar certo. E então ela está perdida.

Assim se comportaram Sherlock Holmes, Hércules Poirot, Columbo: tratavam de descobrir os hábitos da caça. Colecionavam pistas na certeza de que, se arrumadas, revelariam a lógica segundo a qual o criminoso havia agido. Arrumadas as pistas como peças de um quebra-cabeça o rosto do criminoso apareceria.

Os crimes têm uma lógica. Não acontecem sem razões. O criminoso tem sempre um motivo para o seu crime. Assim, diante do morto assassinado o detetive faz a pergunta fundamental: "Qual teria sido o motivo?". As hipóteses fundamentais se resumem em dois curtos conselhos: "Procure o dinheiro! Procure a mulher!". Ou, numa tradução mais rigorosa filosoficamente: "Os crimes acontecem ou por razões do poder ou por razões do amor".

A vida está sempre cheia de desejos. Desejos pequenos, desejos grandes. Mas, infelizmente, nem sempre é possível tomar posse do objeto desejado. Lá está a árvore maravilhosa, cheia de frutos vermelhos. Seria tão bom se eu pudesse comer pelo menos um! Mas a árvore é guardada por um cão feroz. O cão é o obstáculo que se interpõe entre o meu desejo e a sua realização. O meu desejo poderá ser realizado se eu matar o cão. Cometo o crime. Mato para me apropriar do objeto desejado. Os crimes são executados a fim de eliminar o obstáculo que se interpõe entre o meu desejo e o objeto que o satisfaria. Crimes de amor: mato o outro que possui o objeto que eu amo. Crime político: mato o outro que ameaça a minha posse do poder. Crime econômico: mato o outro que possui o bem que desejo.

Mata-se por amor, por dinheiro, por poder: esses motivos sempre existiram e sempre existirão. Até o fim dos tempos, enquanto houver desejos não resolvidos e obstáculos humanos à sua realização, haverá assassinos, assassinados e detetives.

Mas o mundo de Sherlock Holmes, Hércules Poirot e Columbo era um outro mundo. Os crimes eram acidentes numa sociedade ordenada. Uma nota desafinada no piano – o detetive logo a afinaria de novo. De fora, os cidadãos tomavam notícia dos crimes como espectadores curiosos e comovidos, mas que nada tinham a ver com a trama do crime. Os crimes não os ameaçavam. Suas rotinas continuavam imperturbáveis.

Hoje as coisas mudaram. Os crimes não mais acontecem segundo a lógica dos desejos pessoais. Quando o assassinato é praticado de forma individual, o criminoso tem consciência de que o seu ato foi um crime, algo que violenta as leis da sociedade. Por isso ele se esconde. Procura fazer com que ninguém saiba do seu ato. Hoje os crimes são de outra ordem.

São atos coletivos. O assassinato, quando praticado de forma coletiva e independentemente dos desejos dos indivíduos, tem o nome de guerra. Praticado de forma coletiva o crime se torna virtude, porque o referencial do criminoso é a sociedade dos criminosos. Santo Agostinho, em *A cidade de Deus*, fala sobre a situação quando os bandos de criminosos, por causa do seu número e poder de fogo, se constituem em verdadeiros estados dentro do Estado, estabelecendo regras de convivência e leis próprias. Diferentemente do criminoso individual, que jamais pensa em subverter a ordem social, o crime coletivo é subversão: um ato de dimensões políticas. Ele nasce de uma ordem social criminosa que, segundo as normas que ela mesma estabeleceu, não é criminosa. Para os criminosos a sua ordem social é a justa e a correta, por oposição à outra, que pode ser invadida e violentada. Ao se expandir como fenômeno coletivo o mundo do crime se estabelece como um estado porque aos seus crimes se acrescenta a impunidade. O crime, hoje, segue a lógica da guerra. Sherlock Holmes, Hércules Poirot e Columbo não bastam. Para combatê-lo é preciso estrategistas.

Para a guerra, como para o crime individual, vale a sabedoria de D. Juan: o que importa não são as armas; é a inteligência. Os franceses construíram a mais fantástica barreira de fortificações de que se tem notícia, a linha Maginot, canhões apontados para o leste, para protegê-los contra os alemães. Não perceberam que, ao fazer assim, revelavam aos inimigos a sua lógica: a lógica da tartaruga. No início da Segunda Guerra os canhões não puderam dar um único tiro. Porque os alemães, inteligentes, deram a volta. A linha Maginot foi conquistada pela retaguarda. Os franceses operaram com a lógica do volume de armas. Os alemães operaram com a lógica da leveza. A França foi derrotada. Os generais que comandaram a operação de guerra não precisaram usar metralhadoras. Bastou-lhes usar o cérebro.

Hoje, quando se fala sobre combate ao crime, os governantes só argumentam segundo a lógica da linha Maginot: falam sobre o número de viaturas (o barulho das sirenes vale por uma carreata), o poder de fogo das armas, o número de soldados, o policiamento ostensivo. (Vocês se lembram dos tempos quando os guardas-noturnos iam tocando seus apitos, noite adentro? Nunca entendi a razão dos apitos. Era para avisar os ladrões de que eles estavam chegando? O apito tocava, o ladrão se escondia e esperava o guarda passar. Assim também o policiamento ostensivo – diz aos criminosos que é preciso agir em outro lugar...)

Eu gostaria mesmo era de ouvir a fala inteligente dos estrategistas – aqueles que trabalham com a cabeça. Gostaria de saber sobre a lógica dessa guerra. O crime organizado aprendeu dos vietcongues. Adota a lógica da guerra de guerrilhas. Os chefes políticos aprenderam dos generais norte-americanos: aumentam o poder de fogo. Os vietcongues ganharam a guerra. Por causa da inteligência. Mas o poder bruto foi derrotado por excesso de armas e falta de inteligência. E triste é imaginar que é possível que os criminosos sejam mais inteligentes e criativos que os governantes.

A INVASÃO DAS HIENAS

Quando eu era pequeno lá em Minas, depois da janta, pelas cinco da tarde, era bonito ver os campos de capim-gordura ao longe, tapetes de veludo cor-de-rosa, iluminados pelo sol que se punha. Na frente da casa havia um pastinho cujo capim os cavalos que por ali andavam soltos durante o dia mantinham sempre rente e bem-podado. Meu pai punha uma cadeira de vime na porta, acendia o cachimbo e os homens da vizinhança se aproximavam, se acomodavam de cócoras no capim, alguns com as nádegas apoiadas no calcanhar da botina. Era a hora de um papo furado sem fim. O corpo e a alma estavam tranquilos. Não havia medo. Mal algum poderia acontecer.

A praça era uma continuação da casa. Assim era, especialmente para os mais pobres. Estar na rua era estar em casa: era isso que dizia a cadeira de vime do meu pai. Acho que ela ficava mais feliz na calçada que na sala de visitas. É assim ainda em muitos lugares – sempre em bairro pobre. Acho que foi em Fortaleza – cidade que me surpreendeu, senti coisa da qual eu me esquecera, as cidades podem ser lugares bons e civilizados: andando por um bairro de gente simples fui invadido por uma súbita felicidade de criança, todo mundo na rua, as calçadas ocupadas por cadeiras, as crianças brincando, os adultos jogando conversa fora. Podiam fazer isso porque não tinham medo.

Eram assim os espaços da minha infância. Eu não tinha medo. Eu andava por todos os lugares como se fossem o meu quintal.

Claro que havia crimes e criminosos. Mas isso não nos fazia andar agachados e desconfiados. Os crimes não davam medo. Não nos ameaçavam. Eram acontecimentos isolados levados a cabo por homens isolados. Uns eram crimes de amor. A paixão enlouquece os homens. E havia os crimes políticos. O poder enlouquece os homens. Os criminosos viviam na cadeia. Eram poucos para tanto espaço. As portas ficavam abertas, os presos jogavam dama com os carcereiros e faziam rodas de madeira que os meninos compravam para fazer carrinhos. Meus carrinhos não eram de rolimã porque as ruas do meu bairro eram de terra.

A gente tinha medo era de noite. Não de assaltantes e criminosos. De almas do outro mundo e assombrações que, naquele tempo, apareciam com frequência. Mas, se a memória não me falta, não há registro de algum mal que elas tenham feito a alguém. Nosso medo foi inútil. Tínhamos medo também de gatunos. Gatuno, palavra que não se usa mais. Consultei o *Aurélio* mas ele não me esclareceu. Gostaria de saber se gatuno tem a ver com gato. Acho que sim. Os gatos de sempre e os gatunos de antigamente eram criaturas da noite. Os gatunos esperavam que a noite caísse e as pessoas dormissem para entrar nas casas. Era assim, antigamente. Os criminosos tinham medo e agiam durante a noite, para que ninguém os visse. Mas o fato era que as gatunagens noturnas eram raras.

As autoridades cuidavam da segurança. E até tinham tempo para cuidar dos cães vadios que andavam pela cidade. Havia a temível carrocinha, odiada por nós crianças, pois gostávamos dos cachorros e corria um boato sobre o triste fim que aguardava os pobres cães – boato que foi posteriormente confirmado no filme *A dama e o vagabundo*.

Os cães de antigamente eram animais humildes e humilhados – fugiam com o rabo no meio das pernas quando a gente os ameaçava. Aí, de repente, as cidades começaram a ser invadidas por uma nova raça de cães de olhar selvagem e dentes arreganhados, que não tinham medo de atacar. Seguiram-se os chacais. Depois as hienas. E aí as praças e as ruas se encheram de medo. A qualquer hora, em qualquer lugar, pode-se ser atacado por uma fera. As cidades se transformaram em lugar de perigo onde é sempre arriscado andar.

Antigamente os cães eram poucos. Ficavam presos em canis. Hoje eles são incontáveis. Não é possível prendê-los. Os moradores das cidades chegaram então a uma terrível conclusão:

se desejavam ter segurança e se era impossível fechar os cães em canis, só havia uma solução: eles se fecharem em canis. E foi assim que se iniciaram as transformações urbanas que marcam as nossas cidades.

Quem tinha jardim na frente da casa construiu muro alto, comprou cão de guarda e pôs portão eletrônico. Inutilmente. Os ladrões de hoje não são gatunos que, por medo e prudência, entram escondidos durante a noite. Eles não têm medo nem necessitam de prudência: entram na casa durante o dia juntamente com os donos, no momento em que abrem as portas de suas casas fortificadas. Imaginaram, então, que haveria segurança se construíssem fortificações maiores, condomínios, cercadas por altos muros, com guardas na entrada. Mas isso também é inútil. Também os guardas são mortais e têm medo. Nada podem contra as armas. Os ricos pensaram então que, com cães de guarda particulares, os cães de fora fugiriam. Contrataram seguranças. Mas não foram poucos os casos em que os seguranças se aliaram aos criminosos. Outros abandonaram a casa com jardim, horta e cachorro e se mudaram para apartamentos, na ilusão de que ali as feras não entrariam. Ilusão. Não há lugar onde elas não possam entrar. Não há lugar capaz de resistir aos seus dentes. Uns tolos então disseram: "Vamos nos armar". Como se fosse possível enfrentar os dentes dos cães usando dentaduras com dentes de tigre. Não há formas de fugir.

* * *

Ele e ela, jovens amigos: iam alegremente para a casa de um outro amigo para uma noite alegre. Já estavam chegando quando o seu carro foi fechado por um outro. Três assaltantes de armas nas mãos – entre eles uma mulher. Entraram no carro e puseram os dois no banco traseiro. Queriam dinheiro. Mas eles eram estudantes – o dinheiro era pouco e não tinham cartões de crédito. Assalto frustrado. Assaltantes frustrados são perigosos. Por isso o padre Narciso foi morto – porque ele não tinha dinheiro. (Em alguns lugares já existe o hábito de sair com o dinheiro do assalto: não demais para que o prejuízo não seja grande, não muito pouco para que os assaltantes não se enfureçam.) Agora tinham um problema: aqueles dois no banco traseiro... O carro saiu da cidade, foi por estradas desconhecidas. Um dos assaltantes rodava o tambor do revólver e repetia: "Temos de despachar esses dois...".

A jovem era minha filha. Eles não foram mortos. Apenas abandonados num local ermo. Final feliz. Acidental. O Flávio Luiz não teve tanta sorte. Foi morto. Eles também poderiam estar mortos. E nada iria acontecer aos assaltantes. Só me restariam a tristeza e o ódio.

Pergunto-me sobre o limite para o medo. Até que ponto somos capazes de suportá-lo sem sermos paralisados por ele ou tomados por um furor irracional? Não haverá saída? Estaremos condenados? A inércia e o costume nos fazem ficar sentados. Esperamos a ação das autoridades. Elas não agirão. Primeiro, porque lhes falta vontade: elas mesmas ainda não foram vítimas. Segundo, porque lhes falta competência: não possuem a inteligência necessária para buscar soluções. E, finalmente, porque lhes faltam coragem e indignação.

Aí percebi que o filme *O Rei Leão*, que vi como diversão com minhas netas, não era diversão; era profecia. Estamos à mercê das hienas. O filme tem um final feliz: o Rei Leão salva a bicharada. Infelizmente, para nós, essa esperança não existe.

TANAJURAS E BANDIDOS

Tenho dó dos jovens de agora. Tantas coisas que foram alegria para mim não podem ser alegria para eles porque elas simplesmente deixaram de existir. É o caso das tanajuras. Uma tarde de sol depois da chuva, milhares de tanajuras voando – é um espetáculo de que não se esquece. A Adélia Prado não podia imaginar que Deus, no seu céu, não tivesse a beleza de uma revoada de tanajuras, esses minianjos alados. No seu poema *A catecúmena* ela diz:

> *Se o que está prometido é a carne incorruptível,*
> *é isso mesmo que eu quero, disse e acrescentou:*
> *mais o sol numa tarde com tanajuras...*

Ah! Adélia querida: seu prazer é confundir os teólogos porque eu juro – mesmo sem ter provas – que nenhum teólogo jamais escreveu sobre o lugar das tanajuras nos planos salvíficos de Deus. Criaturas da felicidade divina, criaturas da felicidade de uma menina:

> *O pai cavando o chão mostrou pra nós,*
> *com o olho da enxada, o bicho bobo,*
> *a cobra de duas cabeças.*
> *Saía dele o cheiro de óleo e graxa,*
> *cheiro-suor de oficina, o brabo cheiro bom.*
> *Nós tínhamos comido a janta quente,*
> *de pimenta e fumaça, angu e mostarda.*
> *Pisando a terra que ele desbarrancava aos socavões,*
> *catava tanajuras voando baixo,*
> *na poeira de ouro das cinco horas.*

Para os moços de agora, coitados, as tanajuras não passam de figuras literárias que se encontram nos poemas.

Mas as tanajuras serviam não só para a poesia; serviam também para comer – suas gordas bundinhas, fritas, eram deliciosas. Diga-se, de passagem, que esta característica dos abdomens das tanajuras serviu como metáfora marota numa canção do Juca Chaves: "A beleza da mulher não está na cara; tá na jura, tá na jura que ela faz...".

Mas, deixando de lado a poesia, a gastronomia e a erótica das tanajuras, é preciso não se esquecer de que cada tanajura carregava em sua gorda barriga um formigueiro inteiro de saúvas. Razão por que os grupos escolares promoviam concursos: quem apanhasse mais tanajuras ganhava uma caixa de lápis de cor. Porque era sabido, naqueles anos, que o grande problema do Brasil não era nem a má distribuição de renda nem a inflação: eram as saúvas. "Ou o Brasil acaba com a saúva ou a saúva acaba com o Brasil" – um moto digno de figurar numa bandeira. Saíam as tanajuras em revoada e saía a meninada, caixas na mão, pegando tanajuras que eram levadas para o grupo. O destino delas ninguém sabe. Imagino que alguma fritada de tanajuras com cerveja...

As formigas são uma praga terrível. Formam uma sociedade absolutamente coesa, autoritária, sem oposição, sem partidos populares ou greves: são uma máquina de sobreviver com possibilidades ilimitadas de reposição de perdas. É inútil matar as formigas, no lugar em que aparecem. Seu aparecimento é apenas uma incursão de guerrilheiros. Foi observando as formigas que as guerrilhas aprenderam a fazer guerra. Contra os estúpidos e pesados exércitos tradicionais, as guerrilhas desfecham ataques rápidos, inesperados, e logo desaparecem. Se ficassem tomando o terreno, os exércitos voltariam com tanques e aviões e as destruiriam. Mas elas somem. O que elas desejam não é o terreno. Como as formigas. O terreno das formigas é o formigueiro, esconderijo, longe dos olhos do jardineiro – frequentemente na horta do vizinho. Surgem as formigas de gretas, vãos, buracos, invadem a casa, avançam contra os doces e açucareiros, atacam as comidas. Atacados pelas terríveis lava-pés, nós as matamos aos tapas. Na casa, lavamos as formigas doceiras sob as torneiras mandando-as para dentro do cano. Atacamos os exércitos em marcha com inseticidas. Inutilmente. Aparecem outras para substituir as mortas. Nos jardins, construímos fortificações ao redor das árvores. Mas elas sempre descobrem um meio de penetrar as fortificações. Pra acabar com as formigas só há um jeito: descobrir o esconderijo, o formigueiro. Se o formigueiro não for destruído as pequenas liquidações que realizamos no varejo são inúteis.

As pessoas têm curiosidade para saber como é que as ideias aparecem na cabeça de um autor. Com tanta coisa importante sobre que falar, o Rubem desanda a falar de tanajura, saúva e formiga. Tanajuras, saúvas e formigas vieram por inspiração poética. Apareceram como metáforas dos bandidos. Antigamente os bandidos eram seres solitários: gambás que, vez por outra, entravam nas casas para roubar bananas, tatus que invadiam os jardins para comer os deliciosos bulbos das palmas. Tudo se resolvia com um cachorro ou um tiro. O crime era uma empresa solitária; acontecia sempre no varejo; os criminosos eram camelôs que tinham medo do "rapa" policial. Hoje, com essa coisa da globalização, o crime virou empresa de grande vulto econômico. Funciona de maneira racional. Aprenderam as táticas das formigas. Agem militarmente como guerrilheiros: incursões rápidas, precisas – e logo somem, desaparecem nos seus formigueiros.

Imaginem um jardineiro que comprasse martelos e os colocasse no jardim. "É pra matar as formigas quando aparecerem. Vou matar as formigas a martelo", ele explica. De fato, não há formiga que resista a uma martelada. Assim é a tática das forças policiais. Mais viaturas, armas mais modernas, mais policiais espalhados: martelos à espera dos criminosos, quando eles aparecerem. Inútil. Os guerrilheiros atacam sempre de surpresa. Os soldados regulares perdem. Para nos protegermos construímos fortalezas à nossa volta. Passamos a viver nas caixas de concreto chamadas edifícios, cercamo-nos de muros, guaritas e guardas armados, os condomínios. Chegam dois carros inocentes. Deles, de repente, saem homens fortemente armados. De nada valem guardas e revólveres. O jardim foi invadido pelas saúvas. O condomínio foi tomado pelos bandidos.

Santo Agostinho, descrevendo a forma como os Estados surgem, disse o seguinte: no princípio é um grupinho de malfeitores. Crime aqui, crime ali, perseguidos, fugindo sempre. Com o tempo o grupo aumenta, fica mais forte, apossa-se de um território, estabelece um governo, transforma-se num exército. Quando isso acontece, ele diz, o grupinho de malfeitores se transformou num Estado, não porque tenha, repentinamente, ficado justo, mas porque a impunidade foi acrescentada aos seus crimes. Que é, precisamente, o nosso caso. Há um Estado operando dentro e contra o Estado.

Muitos anos atrás os militares concluíram que o país estava em perigo porque havia subversivos comunistas em operação. "Subversivo" é quem planeja a destruição do Estado. Montaram uma operação militar global e acabaram com os tais "subversivos". Mas os "subversivos" eram fracos. O único bem que eles tinham a oferecer era uma "ideia" – desejavam uma sociedade socialista. O crime de hoje não trabalha com ideias. Trabalha com dinheiro. É empresa. Dinheiro tem um poder muito alto para convencer. Assim, o estado do crime é muito mais forte que o estado dos subversivos. Ele tem muito mais poder subversivo. Poder, inclusive, para seduzir as forças da lei: o crime pode pagar mais.

Gostaria que as forças policiais/militares se dessem conta de que existe uma subversão em andamento. Gostaria mais que elas aprendessem dos exterminadores de formigas: é preciso destruir os formigueiros. As forças policiais/militares não são bobas. Elas sabem onde os formigueiros estão localizados. Assim, em vez de se postarem, como martelos, nos jardins, sugiro que, aprendendo da tática da guerra de guerrilhas e da destruição das formigas, elas se coloquem nos formigueiros. São os formigueiros que precisam ser destruídos. Se os formigueiros forem destruídos os jardins não precisarão ser protegidos.

O FOGO ESTÁ CHEGANDO...

A paineira era gigantesca. Na verdade, não sei se era gigantesca mesmo, ou se era eu que era pequeno. Que era muito velha, disso tenho certeza: sua casca era escura e enrugada e havia, no lugar onde o tronco entrava na terra, um buraco grande e escuro, sem fundo. De tarde, depois da janta, os homens da vizinhança se assentavam nas raízes da paineira para pitar cigarro de palha e contar lorota. Muitas eram as assombrações. Nós, meninos, escutávamos arrepiados de terror. Vez por outra ouvia-se de alguma profecia sobre o fim do mundo. Que o mundo teria um fim era coisa certa e inevitável. Pois tudo o que começa tem de ter um fim. E todos concordavam em que, se da primeira vez o mundo acabara afogado num dilúvio de água, salvando-se apenas Noé e a bicharada, o segundo fim seria pelo fogo. Desse ninguém se salvaria, pois não há arcas

99

que nos façam navegar sobre o fogo. E a gente imaginava a cena terrível, o fogo caindo do céu como se fosse chuva, do jeito mesmo como aconteceu com Sodoma e Gomorra e com Herculano e Pompeia.

Tarde de domingo. O céu era de um azul absoluto, esmaecido pelo excesso de luz do sol. O calor abafado cobria o rosto com gotas de suor que escorriam. Nem uma única nuvem que desse sombra. Nenhuma promessa de chuva que apagasse aquela fogueira no meio do céu. O carro corria pela estrada em meio a um cenário triste. As árvores eram raras, perdidas naqueles campos pobres onde crescia um capim vagabundo e teimoso. Se o calor continuasse também as árvores e o capim morreriam. Nenhuma vida resiste ao calor por muito tempo. Lembrei-me da paineira e das profecias de fim do mundo da minha infância. Percebi que nossas imagens estavam equivocadas. O mundo não terminaria com uma chuva de fogo que faria tudo arder numa fogueira. O fogo de fim do mundo seria mais cruel, como aquele daquela tarde: fogo de forno baixo, que assa vagarosamente.

Em tempos passados o cenário era outro. Os campos eram matas verdes, onde corriam riachos de águas frescas, cheias de samambaias, avencas, orquídeas, bichos e aves de todo tipo. Onde há matas há água. Onde há água há vida. As matas foram cortadas por homens empreendedores, progressistas, amantes dos lucros e curtos de visão. Uma árvore de pé não vale nada. Uma árvore no chão vale dinheiro. Cortaram as matas para plantar café e criar gado. Agora não servem nem para pasto nem para café. Dentro de pouco tempo se transformarão em desertos. Do que outrora foi sobraram as matas nas montanhas. As matas das montanhas foram poupadas não por amor mas porque elas não se prestam nem para gado nem para café. Sobraram as matas inúteis para o progresso e o lucro. É nelas que a vida verde se refugiou: oásis precário em meio a um deserto que avança.

Isso foi lá no estado do Rio. Mas por onde quer que se vá, lá encontramos os rastros dos homens empreendedores e progressistas. Região de Governador Valadares, Minas Gerais. Há 50 anos tudo era verde e vida, matas, fontes e riachos. Os homens olharam para as árvores e não as amaram. Viram-nas de pé, belas e inúteis, e contabilizaram-nas deitadas, mortas e lucrativas. Hoje restam os campos tristes onde se plantam eucaliptos que, tão logo cresçam, serão cortados e transformados em lenha. O perfume fresco das matas foi substituído pelo cheiro quente da fumaça.

Aconteceu o mesmo com as matas de araucária do Paraná. No seu lugar estende-se um tapete verde sem fim: as lindas plantações de soja que se perdem no horizonte. Por aqui são as plantações de cana. Vistas de avião assemelham-se a imensos gramados. Mas são desertos. Nas plantações de soja e nos canaviais não há nem árvores, nem fontes, nem bichos, nem aves.

Agora, os homens empreendedores e progressistas se voltam para o que ainda resta: a Floresta Amazônica. Visitei uma região da Floresta Amazônica que havia sido devastada pelo lucro. Era igual a uma praia: só faltava o mar. Areia pura. Cortadas as árvores, evapora-se a água e a floresta se transforma em deserto. É possível que, num futuro não muito distante, o lugar onde um dia existiu a Floresta Amazônica seja apenas a continuação do deserto de Saara.

O presidente dos Estados Unidos escreveu ao chefe índio Seattle, com uma proposta para comprar suas terras. A resposta do chefe índio é um dos mais belos e comoventes manifestos de amor à natureza jamais produzidos. Ele sabia qual seria o destino de suas terras, se os civilizados se apossassem delas.

Não há um lugar calmo nas cidades do homem branco. Nenhum lugar para escutar o desabrochar das flores na primavera ou o bater das asas de um inseto. E o que resta da vida se um homem não pode escutar o choro solitário de um pássaro ou o coaxar dos sapos à volta de uma lagoa à noite? O índio prefere o suave murmúrio do vento, encrespando a face do lago, e o próprio aroma do vento levado pela chuva ou perfumado pelos pinheiros.

Horroriza-me a nossa impotência diante do poder destruidor das empresas que arrasam a natureza por amor ao dinheiro. Mas fico mais horrorizado ainda ao sentir que as pessoas não se horrorizam. Elas não amam a natureza. Para elas é natural tratar a natureza como depósito de lixo. Lembro-me da tristeza que senti em Pocinhos do Rio Verde: à minha frente seguia uma camioneta cheia de jovens alegres, de classe média, passados pelas escolas. Iam tranquilamente jogando, na beira da estrada, as latas vazias de cerveja, como se isso fosse a coisa mais natural do mundo. As escolas lhes ensinaram muitas coisas, mas não o essencial. Fui uma vez caminhar no Parque Ecológico e nunca mais voltei: a vista das latas de refrigerantes e garrafas de plástico ao longo dos caminhos só me produziu raiva. Contaram-me que, terminados os vestibulares da Pucc, uma empresa distribuiu caixinhas de refrigerantes pelos jovens que saíam. À noite a rua era uma montanha de lixo. Havia, na Unicamp, um dia denominado "Universidade Aberta". O *day-after* era trágico: o *campus* era um lixão absoluto, coberto com sacos plásticos, copos, garrafas, latas de refrigerantes, papel, guardanapos e detritos de todo tipo. Meu querido amigo Hermógenes, professor, diretor do horto, já morto, me relatava que depois daquele dia era preciso replantar as jovens árvores que os futuros universitários haviam quebrado por puro prazer.

Eu creio que a preservação da natureza é o desafio mais importante do momento presente. Tem a ver com a preservação da vida, o futuro da nossa terra, o futuro dos nossos netos. Mais importante que todas as doutrinas que podem ser pregadas nas igrejas. Porque, a se acreditar nos textos sagrados, a nossa vocação primordial é a de jardineiros. Deus nos deu a missão de cuidar do Paraíso. Mais importante que toda ciência que possa ser ensinada nas escolas. Porque toda a ciência será vazia e inútil se o nosso mundo vier a ser transformado num deserto.

Gostaria de poder voltar à paineira à cuja sombra ouvi os primeiros agouros de fim do mundo – só para ler ali um texto sagrado, contrafeitiço, a profecia de um mundo novo que nasce:

Os aflitos e necessitados buscam águas, e não as há, e a sua língua se seca de sede. Mas rios se abrirão nos montes desnudos e fontes brotarão nos vales. O deserto se transformará num açude de águas e a terra seca se encherá de mananciais. E no deserto crescerão o cedro, a murta, a acácia, a oliveira, o cipreste, o olmeiro e o buxo... (Isaías 41.1719)

VI
ADAGIO LAMENTOSO

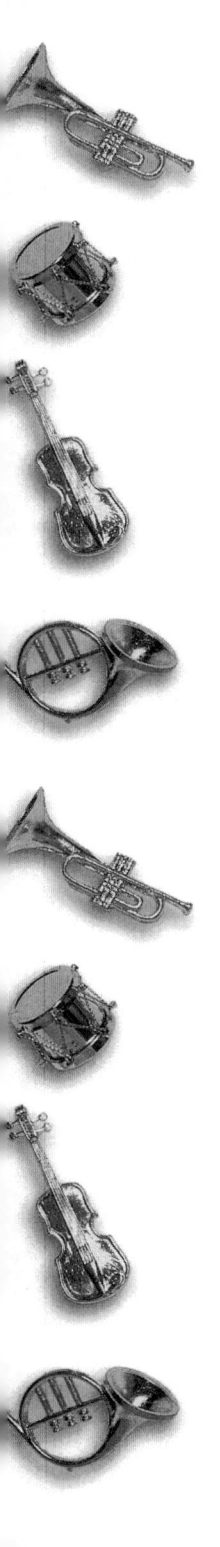

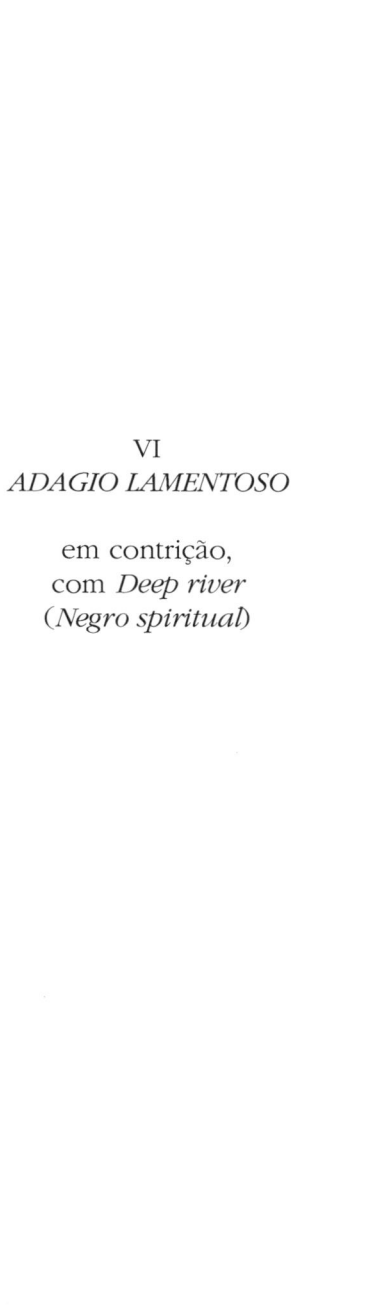

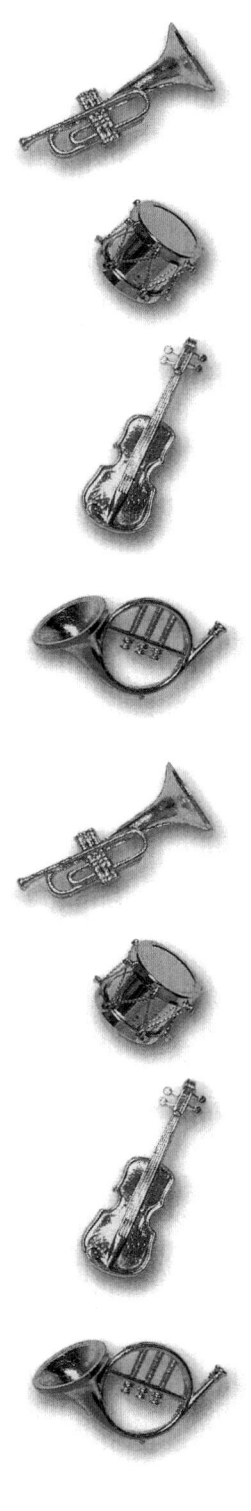

em contrição,
com *Deep river*
(*Negro spiritual*)

LEANDRO

Olhei para a sua foto, mãos cruzadas sobre o peito, num gesto de segurar a vida que se preparava para partir. Mas você não queria partir. Não era hora. Você queria ficar: a vida pode ser muito boa. Seus olhos tristes me fizeram lembrar versos da Cecília: "Tudo em ti era uma ausência que se demorava: uma despedida pronta a cumprir-se... E ficaste com um pouco de asas...". Sua foto me contou que o seu corpo já navegava em direção à "terceira margem do rio". E fiquei comovido.

Há pessoas que partem, desejando partir, porque o corpo está cansado e a hora chegou. O cansaço é a hora da partida. A partida é triste, mas é o que deveria ser. A vida é feita de despedidas. Para essas as lágrimas são doces: elas correm como a água que brota de uma fonte mansa.

Mas há aqueles que partem porque são obrigados; partem desejando ficar. Para esses as lágrimas são amargas e se transformam num mar de revolta. Você não desejava partir. Ninguém desejava que você partisse.

Sabe, Leandro: a música sertaneja nunca foi o meu forte. Mas, vendo o povo que chora a sua morte, sinto pena de mim. Se assim o povo chora é porque a música que você cantava era pão para a sua alma. Sei, então, que se eu quiser compreender a alma do povo – se é que é possível compreender a alma – terei de aprender a amar a sua música.

Onde estava Deus quando o seu corpo foi atacado pelo inimigo mortal? Por que ele nada fez, a despeito de todas as súplicas? Por que permaneceu ele indiferente, enquanto você lutava? Essas são as perguntas terríveis que fazem todos aqueles que acreditam em Deus, diante da morte absurda. A morte de um velho que viveu uma vida longa não é absurda. Ela é o fim natural de um processo temporal, como o fim de uma canção. Mas há mortes que são absurdas. A morte da criancinha, do jovem, do homem e da mulher maduros, cheios de vida. A sua morte. Não era hora. A noite desceu ao meio-dia. Todas absurdas. Onde estava Deus?

Vou falar sobre Deus. Tenho de ter cuidado com as palavras. O sábio do Antigo Testamento aconselha: "Não te precipites com a tua boca, nem o teu coração se apresse a pronunciar palavra alguma diante de Deus; porque Deus está nos céus, e tu estás na terra; portanto sejam poucas as tuas palavras" (Eclesiastes 5.2). Deus é uma palavra que não deveria ser dita. Os judeus eram proibidos, sob pena de morte, de pronunciar o nome sagrado. Caeiro vai mais longe: nem sequer pensar:

Pensar em Deus é desobedecer a Deus,
porque Deus quis que o não conhecêssemos,
por isso se nos não mostrou...

Palavras são gaiolas. O falado é aquilo que a razão engaiolou. Um Deus que pode ser engaiolado por palavras não é Deus. Deus é "Pássaro Encantado". Para ele não há palavras. Mas os homens insistem em engaiolá-lo. Desandam a falar sobre Deus. E nos mostram o pássaro preso. "Eis aqui o Pássaro Encantado, em minha gaiola de palavras!" – eles dizem. Não percebem que o seu pássaro não é um pássaro vivo; é um pássaro empalhado.

Filósofos e teólogos gostam de falar sobre Deus. É bem verdade que há exceções, filósofos que se recusam a falar sobre Deus; não por descrença mas por respeito: contentam-se em olhar em silêncio o voo do "Pássaro Encantado". Tal é o caso do piedoso Kant e do místico Wittgenstein. Estes são filósofos da "razão modesta".

Outros, possuídos pela "razão arrogante", se põem a falar. Santo Anselmo (1033-1109) chegou mesmo a definir Deus como "aquilo que nada se pode conceber que lhe seja maior" (*aliquid quo nihil maius cogitari possit*). Deus é saber total, onisciência, Deus sabe todas as coisas, o que foi, o que é, o que será. Deus é presença total, onipresença, Deus está

109

presente em todos os lugares, o olho de Deus te vê. Deus é poder total, onipotência, nada do que acontece acontece contra a vontade dele, da explosão do Big-Bang ao bater das asas de um mosquito. Deus, para aquele homem da razão, tinha de ser a consumação de todas as perfeições possíveis.

Se Deus é assim, se tudo se faz pela vontade dele, então ele tem de ser feliz. Pois felicidade é precisamente isso: a coincidência daquilo que se deseja com aquilo que é. A suprema perfeição de Deus está nisso: que ele é supremamente feliz. Um Deus infeliz seria um Deus imperfeito, um Deus sem poder suficiente para realizar a sua vontade.

Morrem criancinhas pela fome; morrem velhos pela guerra; morrem jovens por desastre; morrem adultos pela seca; morrem florestas pelo fogo; morreu você, Leandro, pelo câncer. Deus é onipotente. Se ele tivesse querido você teria vivido. Mas não. O Deus que o teólogo pintou é o agente da sua doença e da sua morte. Se aconteceu é porque ele quis. Se ele quis, está muito bem. Ele está alegre. E o povo confirma. "Deus sabe o que faz", "É a vontade de Deus": essas são as palavras que saem da boca das pessoas religiosas para explicar as tragédias. Deus quer o nosso sofrimento. O nosso sofrimento lhe traz alegria.

O argumento da razão é perfeito. Não encontro nele falhas lógicas. Mas as razões do coração são outras. Você, Leandro, na flor da vida, morreu morte absurda. Não posso amar um Deus que tenha se alegrado com a sua morte nem mesmo com a morte de um simples passarinho. Um Deus que assim faz e que tem tais sentimentos não pode ser objeto do amor de ninguém. Quem diz que ama esse Deus está mentindo. Esse Deus pode ser objeto de temor mas não de amor. Eu, um simples mortal, cheio de imperfeições, se tivesse o poder que os teólogos-filósofos alegam ser atributo de Deus, não permitiria que tais coisas acontecessem. Porque eu amo. O amor, podendo, impede a dor. Se o amor não impede a dor é porque ele é fraco, não tem poder. O amor de todos os que o cercaram, Leandro, era amor fraco, impotente diante da morte. Por isso eles choraram. O choro sai sempre do amor fraco: assim são os homens.

Dizem os poemas bíblicos que Deus nos criou à sua imagem e semelhança. Somos parecidos com Deus. Quando sinto a beleza da natureza, sei que Deus sente também. Deus sente através do meu corpo. Quando sinto o gosto bom de uma fruta, sei que Deus sente o gosto bom também. Deus precisa de nós para sentir. Quando acho bonita a beleza da música que você cantou, Leandro, Deus acha bonita também. Quando o meu amor luta contra o sofrimento e a morte, Deus luta também. E quando choro o sofrimento e a morte, acontecidos a despeito do meu fraco amor, Deus chora também. O amor dele é infinito. Mas, contrariamente ao que disse o teólogo lógico, o poder dele não é. Nisso ele é igual a mim. Esse é o drama do universo: o amor buscando poder para trazer de volta a alegria.

Os gregos dos tempos míticos diziam que o universo é uma luta entre o Amor e o Caos. Do Amor nascem a beleza, a harmonia, a ordem, a vida, a alegria. Do Caos nascem a desordem, os acidentes, as doenças, a dor, o absurdo, a tristeza. Deus é Amor. O Amor é o meu Deus. Vive no coração do universo, como um feto na barriga da mãe. Mas ainda não nasceu. Não é onipotente. Luta contra o Caos. E chora a sua própria impotência. Nem mesmo Deus escapa dos golpes do Caos: o "Deus crucificado", do pintor Grünenwald, é uma expressão plástica dessa tragédia. O Amor queria que você vivesse, Leandro. Mas o Caos foi mais forte. Deus está chorando também...

MAGNÓLIAS E JABUTICABEIRAS

Peço perdão a vocês, meus leitores, por ter muitos mortos a chorar. Gostaria de poder realizar o programa literário de Camus: "Meus escritos sairão das minhas horas de felicidade mesmo naquilo que eles tiverem de cruel". Isso não me tem sido possível. Tenho tido muitos mortos a chorar. Aí minhas palavras escorrem das minhas feridas, como sangue.

Aconteceu de novo. Um amigo há mais de trinta e cinco anos ficou encantado: Antônio Quinan. Meses atrás ele havia procurado um cardiologista, preocupado com o coração. Resultado do exame: seu coração estava perfeito. Ficou tranquilo. Ele não sabia que não seria no coração que a Morte o tocaria. Tocou-o num outro lugar. Aconteceu num momento de felicidade, quando ele fazia o que mais gostava de fazer:

contar "causos" mineiros, para os amigos reunidos em festa. Ela o golpeou enquanto ele sorria.

Fui dizer-lhe adeus no velório, em Belo Horizonte. Velório. Velo. Recuso-me a dormir. Meus olhos contemplam seu corpo morto. Até há bem pouco ele ria, sem suspeitar o golpe que o aguardava: *Hay golpes en la vida, tan fuertes... Yó no sé! Golpes como del odio de Dios...* O golpe, foi ele quem recebeu. Mas agora seu rosto impassível nos diz que já não tem memória dele. Já não sofre. Sofremos nós, os que velam. Inutilmente.

Um cadáver é um corpo morto ao redor do qual se instaura um círculo de silêncio. O ruído dos carros nas ruas, as palavras de ordem nos comícios, as músicas no rádio, as últimas tragédias na televisão, as queixas do cotidiano – tudo isso cessa. Permanecem apenas como um confuso ruído de fundo, sem sentido, perturbação do silêncio, no qual não se presta atenção alguma. Um velório deveria ser um lugar onde somente os amigos teriam permissão para entrar. Pois só os amigos sabem fazer silêncio.

Um cadáver é uma vela que arde no escuro. "... Como um círio numa catedral em ruínas..." A vela vela. Velório. Também velário. Sua luz bruxuleante cria uma semiesfera luminosa: dentro dela uns poucos objetos, os essenciais, timidamente iluminados pela chama delicada. Todos os outros, fora dela, desaparecem na escuridão.

Relembro um verso de Cesar Vallejo: ... *su cadaver estaba lleno de mundo*. Cadáveres, cheios de mundos?

O padre Antônio Vieira diz que sim:

> Os discursos de quem não viu são discursos; os discursos de quem viu são profecias. Os Antigos, quando queriam prognosticar o futuro, sacrificavam os animais, consultavam-lhes as entranhas, e conforme o que viam assim prognosticavam. Não consultavam a cabeça, que é o assento do entendimento, senão as entranhas, que é o lugar do amor; porque não prognostica melhor quem melhor entende, senão quem mais ama. E este costume era geral em toda a Europa antes da vinda de Cristo, e os portugueses tinham uma grande singularidade nele entre os outros gentios. Os outros consultavam as entranhas dos animais, os portugueses consultavam as entranhas dos homens. A superstição era falsa mas a alegoria era muito verdadeira. Não há lume de profecia mais certo no mundo que consultar as entranhas dos homens. Se quereis profetizar os futuros, consultai as entranhas dos homens...

Nas entranhas dos homens moram mundos. Um velório é um ritual mágico em que se consultam as entranhas dos mortos. Para isso não é necessário abrir o seu corpo. Pois, durante a vida inteira, os corpos deixam ver as suas entranhas por meio da boca. Nossas entranhas não são as vísceras: são as palavras.

Nossa ansiedade pelas últimas palavras! Acredita-se que por meio delas aquele que vai morrer oferece voluntariamente suas entranhas à contemplação dos que continuarão a viver. (Mas há sempre o perigo de que não haja nada para dizer. Camus relata o caso de um homem que, ao se preparar para dizer as últimas palavras, descobriu que as havia esquecido.)

Nossas últimas palavras são uma declaração de amor. O poeta Robert Frost pediu que, na lápide do seu túmulo, se escrevesse essa frase simples, resumo da sua vida: "Ele teve um caso de amor com o mundo". Acho que o Quinan, se tivesse tido tempo, teria dito coisa parecida. Ele amou a natureza e as pessoas com mansidão e ternura.

Observo atentamente os cenários que vivem no seu cadáver. Vejo árvores crescendo da sua carne. Jardins. A alma é um jardim. Longas avenidas de magnólias, árvores com modestas flores cor de abóbora. As magnólias não podem competir em beleza com os ipês floridos. Os ipês são dádivas aos olhos: valem pela cor. As magnólias, ao contrário, são dádivas ao olfato. Valem pelo perfume. Entardece. A avenida está cheia de silêncio e de perfume de magnólias.

Vejo também uma mata de jabuticabeiras, a mais mineira das frutas. São dezenas delas. Abelhas, aos milhares, zumbem em suas flores brancas, atraídas pelo perfume. Dentro em breve elas se transformarão em gordas, redondas, negras fruitas (fruita mesmo; todo mundo sabe, em Minas; quando o vendedor anuncia fruita é jabuticaba que ele está vendendo), agarradas aos galhos, brilhantes depois da chuva. Chupar jabuticaba é uma festa, uma enorme brincadeira. Jabuticabas são frutas molecas...

Essas árvores que crescem das entranhas do Quinan estavam lá no Instituto Gammon, escola de Lavras, Minas, lugar onde ele cresceu, viveu, ensinou, dirigiu, amou. E morreu. Pois foi lá, na celebração do aniversário da escola, que a Morte o golpeou.

As magnólias ainda estão. As jabuticabeiras foram cortadas por ordem de um reitor louco, sob a alegação de que os moleques roubavam as frutas durante a noite. Ele, na sua estultice, não sabia que jabuticabas foram criadas por Deus com esse objetivo preciso: serem roubadas pelos moleques durante a noite...

Faz tempo que tenho um sonho: fazer um cemitério. Mais precisamente: plantar um cemitério. Pois nele não se enterrarão cadáveres, mas as árvores que crescem no corpo dos mortos. Assim, à medida que as pessoas queridas forem morrendo, eu irei plantando as árvores que mais se parecem com elas. Para o Betinho, um ipê-amarelo: belo mesmo seco. Para o Elias Abrão, um sândalo, árvore que seu pai trouxe do Líbano. Pois vou começar a plantá-lo, lá nas montanhas de Pocinhos do Rio Verde, dentro do vulcão, ao lado dos caquizeiros, perto do riachinho. Plantarei, para o Quinan, uma jabuticabeira e uma magnólia. Quando a magnólia florir, suspeitarei que ele está por lá. Quando a jabuticabeira pretejar, saberei que ele está por lá. E então nós, com um grupo de amigos, continuaremos os "causos" e os risos que a morte interrompeu...

"UM CÉU AZUL IMENSAMENTE PERTO..."

Acho, João Pedro, que nunca mais ouvirei a sua voz. Ela estava tão fraca, era quase um gemido, parecia já vir de um outro mundo. E eu lhe peço perdão por não ter sabido o que falar. A gente é educado para nunca ter de falar as palavras essenciais – as últimas palavras, que só podem ser ditas diante da morte. Ontem eu o chamei de novo. Mas sua esposa me disse que você já havia mergulhado na inconsciência.

Eu sempre tive uma pitada de inveja de você. Você era mais jovem e havia um traço de arrogância no seu perfil. Eu imaginava que a vida lhe havia sido generosa. Foi então que recebi aquela carta sua – única. Ninguém jamais me escrevera para falar sobre aquele assunto, a própria morte.

Sobre a morte, em geral, eu penso frequentemente. Ao fazer isso sou poeta e sou teólogo. A morte é o horizonte permanente da teologia e da poesia. A poesia e a teologia são palavras de bruxedo que se dizem para exorcizar a morte: para que a morte fique bela e a gente possa morrer sem medo.

Escrevi também muitas vezes sobre a morte de pessoas que amo. Diante dos amigos mortos o bruxo se cala. Sou apenas o amigo. E, como amigo, o que sei é fazer palavras com a dor que sinto.

Mas isso – escrever sobre a minha própria morte –, isso eu ainda não fiz. Por pura estupidez. Os saudáveis são estúpidos. Não acreditam. Vivem sob a ilusão de não estarem mortalmente enfermos. Acham que ela ainda vai demorar. Não lhes bastam os sinais evidentes da doença. Necessitam de sinais mais fortes, com data marcada e contagem regressiva.

Você me escreveu revelando-me que seus diálogos com a sua morte haviam começado: ela já lhe havia enviado seus mensageiros e respectivo cronograma.

Agora a contagem está chegando ao fim. Ao ouvir sua voz assim tão fraca senti vontade de pegá-lo ao colo, como se fosse uma criança pequena, filho meu. Todos os que estão morrendo se transformam em crianças pequenas. Eu não tive nem palavras de consolo nem palavras de esperança para lhe dizer. Gostaria de ter tido coragem para dizer que, quando você morresse, eu iria chorar, que o mundo ficaria mais triste e que eu iria plantar uma árvore lá dentro da cratera do vulcão, em Pocinhos, ao lado da árvore do Elias Abrão, do Quinan, da minha e das árvores de outros amigos queridos. Eu poderia ter lhe perguntado sobre a árvore que você mais ama. Mas a sua voz estava tão fraca... E eu não tive coragem. Disse-lhe apenas que eu o amava e que mesmo de longe o abraçava. E aí eu me vi beijando o seu rosto – coisa que eu lhe disse, com a justificativa tonta de que mesmo os homens podem se beijar. Se tivesse me lembrado teria repetido a oração de Alberto Caeiro para o Jesus Menino:

> *Quando eu morrer, filhinho,*
> *seja eu a criança, o mais pequeno.*
> *Pega-me tu ao colo*
> *e leva-me para dentro da tua casa.*
> *Despe o meu ser cansado e humano*
> *e deita-me na tua cama.*
> *E conta-me histórias, caso eu acorde,*
> *para eu tornar a adormecer.*
> *E dá-me sonhos teus para eu brincar*
> *até que nasça qualquer dia*
> *que tu sabes qual é.*

Acho estranhas, as coincidências. Dizem que elas não existem. Que são coincidências apenas para quem não vê o avesso do real. No avesso tudo está ligado, tudo tem conexão. Arthur Koestler escreveu um livro com esse nome, *As razões da coincidência*, e também Jung falou sobre o assunto na sua introdução ao *I-Ching*. Coincidência ou não, o fato é que na segunda-feira, dia do grupo de poesia, fui ler o Mário Quintana – e todos os poemas daquele dia falavam de morte.

> *Terra! Um dia comerás meus olhos...*
> *Eles eram*
> *no entanto*
> *o verde único de tuas folhas*
> *o mais puro cristal de tuas fontes...*
> *Meus olhos eram teus pintores!*
> *Mas, afinal, quem precisa de olhos para sonhar?*
> *A gente sonha de olhos fechados.*
> *Onde quer que esteja... onde quer que seja...*
> *Na mais densa treva sonharei contigo,*
> *minha terra em flor!*

Pensei logo que esse seria um poema maravilhoso para ser o último. Últimas palavras: que mais haveria para ser acrescentado? Lembrei-me do epitáfio que Robert Frost escolheu para o seu túmulo: "Ele teve um caso de amor com a terra" – e assim foi. O poema do Mário Quintana é uma queixa: "Terra! Um dia comerás meus olhos" – olhos que a haviam amado tanto, pintores das suas folhas e das suas fontes. Mas não importava. Mesmo sem olhos, na treva mais densa, ele continuaria a sonhar com ela, "minha terra em flor!". Imaginei que você sorriria, com aprovação, se eu o lesse na liturgia de sua encantação.

Passei para o poema seguinte:

> *Como é difícil, como é difícil, Beatriz, escrever*
> *   uma carta.*
> *Olha! O melhor é te descrever, simplesmente,*
> *   a paisagem,*
> *descrever sem nenhuma imagem, nenhuma...*
> *cada coisa é ela própria a sua maravilhosa imagem!*

Agora mesmo parou de chover.
Não passa ninguém. Apenas
um gato
atravessa a rua
como nos tempos quase imemoriais
do cinema silencioso...
Sabes, Beatriz?
Eu vou morrer!

Bem que ele tentou esconder a coisa por detrás da chuva que parou, da rua vazia, do gato que atravessa a rua – mas não adiantou, o gato escorregou da descrição para um mundo que não existe mais, e foi então que a coisa apareceu sem nexo, propósito ou rima: "Beatriz, vou morrer!".

E aí passei ao último poema que diz tudo o que eu sinto:

Este quarto de enfermo, tão deserto
de tudo, pois nem livros eu já leio
e a própria vida eu a deixei no meio
como um romance que ficasse aberto.
Que me importa este quarto, em que desperto
como se despertasse em quarto alheio?
Eu olho é o céu! imensamente perto,
o céu que me descansa como um seio.
Pois só o céu é que está perto, sim,
tão perto e tão amigo que parece
um grande olhar azul pousado em mim.
A morte deveria ser assim:
um céu que pouco a pouco anoitecesse
e a gente nem soubesse que era o fim...

Ao ler esses poemas – coincidência? – tive a impressão de que eles me estavam sendo segredados pelos deuses. E eu os li pensando em você, amigo querido, pedindo aos deuses não um milagre (a morte é mais forte que os deuses) mas que fosse para você – para mim – como o desejou o poeta:

um céu azul imensamente perto,
um céu que pouco a pouco anoitecesse
e a gente nem soubesse que era o fim...

Até qualquer dia desses, num encontro à sombra das árvores, lá nas montanhas de Minas, ao lado da cachoeira, dentro do vulcão adormecido...

AO GUIDO, COM CARINHO

Ele está triste. Sua esposa morreu. Resolve ir a um bar para, sozinho, sentir a sua solidão com um copo de uísque. Não sabe aonde ir. Escolhe um bar, aleatoriamente. O bar está cheio. Os rostos são desconhecidos. Nenhum lhe provoca nada. Mas, de repente, entre os rostos desconhecidos, ele vê um rosto de mulher – ela está sozinha numa mesa. "Sim, é ela mesma. Está mais velha, o cabelo grisalho, mas é ela mesma...". Seu rosto se ilumina com o espanto. Tantos anos sem se verem, desde a juventude, um amor interrompido. Ela está com um olhar perdido. Seus braços apoiados sobre a mesa, as mãos segurando o copo. Também veio àquele lugar para curtir a sua tristeza – acaba de se separar do companheiro. Ele se aproxima. Os seus olhares se tocam. Eles sorriem. "Que coincidência encontrar você aqui!", ele diz. Ela responde: "Que coincidência!". E justamente nesse momento, começa a tocar uma velha canção que eles gostavam de cantarolar juntos, nos velhos tempos...

Sim, que coincidência! Tantos bares possíveis, tantos dias e horas possíveis, tantas músicas possíveis, mas, sem que tivesse havido qualquer preparo ou intenção, as coisas "coincidiram" para provocar um evento feliz. *Co*, que quer dizer "junto", + *incidere*, que quer dizer "cair sobre". Coincidência é quando duas coisas que nada têm a ver uma com a outra acontecem juntas, no mesmo lugar, como dois meteoros que, vindos do infinito do espaço, atingem o mesmo ponto no mesmo momento.

A vida está cheia de coincidências assim: de repente, sem nenhuma razão, a gente se lembra de um amigo que não via há muito tempo – o telefone toca, e é ele do outro lado. Uma questão está atormentando a nossa mente e a gente, sem pensar e sem intenção, abre um livro qualquer tirado da estante, e lá está a resposta para o que estávamos procurando.

A palavra "coincidência" carrega a ideia de que o encontro feliz se deu por acidente: um golpe de sorte, como aquele de alguém que acerta na loteria. Mas há muitos que não acreditam que seja acidente. Dizem eles que as chamadas coincidências, essas súbitas aparições de sentido, são só "aparentemente" coincidências. As coincidências, segundo eles, são apenas manifestações da trama invisível de sentido que liga todas as coisas do universo. Arthur Koestler até escreveu um livro com o curioso título de *As razões da coincidência*. O que o título está dizendo é que coincidências não são coincidências, pois há razões para elas. E Jung escreveu um prefácio para o *I-Ching*, sugerindo que as varetas ou moedas, lançadas aparentemente num movimento sem sentido, manifestam razões que se configuram em hexagramas. É só por isso que o *I-Ching* tem o seu poder revelatório.

E, de repente, aparece Guido na Unicamp, para assumir as funções de procurador-geral. Não me lembro de como a nossa amizade se iniciou. Sei que ficamos amigos. Tão amigos que para ele abri uma exceção. Como todos sabem, numa vida já vivida eu fui pastor, fiz enterros, batizados e casamentos. Mas essa vida acabou e eu deixei para trás essas coisas. Mas não adianta. Como Caim, levo comigo uma marca na testa. Numa das inúmeras sessões de regressão a vidas não vividas a que me submeto diariamente foi-me revelado que eu já fui mestre de liturgia de uma ordem monástica extinta. O fato é que adoro liturgia. Batizei minha neta, a Mariana. Já fiz celebrações litúrgicas com monges dominicanos e mães de santo. Elaborei liturgias para casamentos. E tenho ideias para funerais. Sabendo disso o Guido pediu que eu celebrasse o casamento dele com a Lenir – uma linda história de amor que poderia se transformar em novela. Celebrei o casamento do Guido com a Lenir, na hora astrológica correta, sob a inspiração das estórias *A menina e o pássaro encantado* e *Os morangos*. Foi uma noite de felicidade!

Aposentei-me. O Guido se aposentou. Deixamos de nos ver na Unicamp. Passamos a nos encontrar no grupo "Canoeiros", que lê poesia às segundas-feiras na minha casa, depois de tomar sopa e bebendo vinho. Ou no Dalí, tomando um uísque, comendo camarão e ouvindo chorinho (o Guido é doido por camarão frito com alho, uísque e chorinho).

E foi num desses encontros que começamos a falar sobre o nosso passado. Disse ao Guido que eu havia passado a minha adolescência no Rio de Janeiro. Ele disse: eu também. Nada espantoso, coincidência banal. Aí eu quis saber detalhes e lhe perguntei sobre o bairro onde vivera. O Rio é muito grande, tem muitos bairros. "Eu morei em Botafogo." Botafogo? Eu também. Já é uma coincidência maior. Tantos bairros, e nós, amigos da mesma idade, havíamos vivido no mesmo bairro. Quem sabe não havíamos passado um pelo outro? Não resisti à curiosidade. A rua. Qual delas? Tantas, centenas. "Morei na rua da Passagem...", ele disse. Meu Deus! Rua da Passagem! Era lá que eu morava! "Onde, Guido? Qual o número?" "Eu morava no número 36..." E aí, levando um soco da coincidência absurda, impensável, imprópria até de ficção, mais impossível que ganhar na loteria, eu disse: "Pois eu morava no número 35...".

Eu já não acredito em coincidências. Coincidência com razões. Parece que a razão dessa coincidência absurda é que somos, o Guido e eu, de alguma forma misteriosa, irmãos.

Na frente da minha casa há um jardim, cercado de muros, no qual se entra por dois portões estreitos, pintados de azul. No jardim há bromélias, jasmim-do-imperador, bambus, trepadeiras, e outras plantas que o Paulinho da "Floríssima" plantou lá. E um chafariz, com peixinhos dourados. Pois mandei fazer duas placas. Numa delas está escrito: "Rua da Passagem". Ela vai ficar na porta azul através da qual o Guido transita do grupo de poesia para o Dalí. Na outra está escrito "Fonte Guido Ivan de Carvalho", e vai ser afixada sobre o chafariz.

A CHEGADA E A DESPEDIDA

Em Minas, em agradecimento a uma esmola que lhes tivesse sido dada por uma grávida, as mendigas a benziam com a saudação: "Nossa Senhora do Bom Parto que lhe dê boa hora!". Benzeção confortante porque a hora da grávida é hora de dor e angústia, precisando da proteção da Virgem Parteira. Vendo, ninguém acreditaria que um nenezinho pudesse passar por canal tão apertado. Dor para a mãe, angústia para o nenê. No lugar onde as palavras nascem elas brilham com uma clareza espantosa. Vou ao nascedouro da palavra *Angustia*: nasceu do verbo latino *angere*, que significa apertar, sufocar. Assim, no seu nascedouro, angústia queria dizer *estreiteza*. O nenezinho, que estava numa boa, vai ser apertado e sufocado dentro de um canal. Vai sentir angústia. E, pelo resto de sua vida, sempre que tiver de passar por um canal apertado e escuro, vai sentir de novo o mesmo que sentiu para nascer. Angústia e dor misturadas assim, não admira que as mendigas invocassem a Virgem...

A medicina, descrente de Virgens e benzeções de mendigas, não conseguiu se livrar das angústias e dores das grávidas, e tratou de arranjar alguém que fizesse as vezes da Virgem para cuidar delas quando chegasse a sua hora. Criou uma especialidade alegre, a mais antiga de todas: a obstetrícia. *Obstetrix*, em latim, quer dizer parteira. Uma tradução literal da palavra seria "aquela que está diante". A parteira está diante da mãe. Diante da mãe ela aguarda o nenezinho. Sua função é ajudar a vida a atravessar a apertada e angustiante passagem que leva do escuro da barriga da mãe à luz do mundo aqui de fora: "dar à luz". Que fantasias terríveis devem passar pela criancinha ao se sentir espremida, deslocada, empurrada, arrancada, apertada! É possível que ela sinta que vai morrer. Mas, ao final do canal apertado, a "obstetrix" a acolhe, como se fosse a mãe... É ela, a parteira, a primeira experiência do mundo que a criancinha tem, a Virgem bendita.

A vida começa com uma chegada. Termina com uma despedida. A chegada faz parte da vida. A despedida faz parte da vida. Como o dia, que começa com a madrugada e termina com o sol que se põe. A madrugada é alegre, luzes e cores que chegam. O sol que se põe é triste, orgasmo final de luzes e cores que se vão. Madrugada e crepúsculo, alegria e tristeza, chegada e despedida: tudo é parte da vida, tudo precisa ser cuidado. A gente prepara, com carinho e alegria, a chegada de quem a gente ama. É preciso preparar também, com carinho e tristeza, a despedida de quem a gente ama.

Sobre isso sabem melhor que nós os orientais. Sabem que os opostos não são inimigos: são irmãos. Noite e dia, silêncio e música, repouso e movimento, riso e choro, calor e frio, sol e chuva, abraço e separação, chegada e partida: são os opostos pulsantes que dão vida à vida. Vida e Morte não são inimigas. São irmãs. Chegada e despedida... Sem a frase que a encerra a canção não existiria. Sem a Morte a Vida também não existiria pois a vida é, precisamente, uma permanente despedida...

A medicina criou a obstetrícia como uma especialidade cuja missão é "estar diante" da vida que está chegando. Acho que ela, por amor aos homens, deveria também criar uma especialidade simétrica à obstetrícia, cuja missão seria "estar diante" daqueles que estão morrendo. A Morte também está cheia de medos de dor. A Morte é também um angustiante canal apertado e escuro. E solidão. O nenezinho, na passagem escura e apertada, está totalmente sozinho e abandonado. Aquele que está morrendo também está absolutamente sozinho e abandonado. Aqueles que o amam e o cercam estão longe, muito longe: as mãos dadas não transpõem o abismo. A Morte é sempre um mergulho no abandono.

Pensei nessa especialidade... Pois a missão da medicina não é cuidar da vida? Pois a despedida também parte da vida. Os que estão partindo ainda estão vivendo... Eles precisam de tantos cuidados quanto aqueles que estão nascendo. E até inventei um nome para tal especialidade. Combinei duas palavras: *Moriens, entis*, do latim, que quer dizer: "que está morrendo"; e *therapeuein*, do grego, que quer dizer: "cuidar, servir, curar". Saiu, então, *morienterapia*, os cuidados com aqueles que estão morrendo. E o *morienterapeuta* seria aquele que, à semelhança do obstetra, se encontra "diante" daquele que está se despedindo. Nossa Senhora do Bom Parto é a padroeira das parturientes. Procurei uma outra Nossa Senhora para ser a padroeira dos que estão morrendo. Eu a descobri na *Pietà*: aquela que acolhe no seu colo o filho que está morrendo. Morrer nos braços da *Pietà* é, talvez, sentir-se finalmente voltando para o colo de uma mãe que nunca se teve mas que sempre se desejou ter. No colo da *Pietà* a despedida poderia ser vivida, então, talvez como um retorno ao colo materno.

Alguns me dirão que tal especialidade já existe: os *intensivistas* são "aqueles que estão diante" daqueles que estão morrendo. Quem diz isso não me entendeu. A missão dos intensivistas é o oposto do que estou dizendo. A missão deles é a de impedir a despedida, a qualquer custo. Por isso eles são pessoas agitadas. A qualquer momento pode haver uma parada cardíaca – e se eles não correrem e não forem competentes a partida acontecerá. Cada partida é uma derrota. O *morienterapeuta*, ao contrário, entra em cena quando as esperanças se foram. A despedida é certa. Ele ou ela tem de estar em paz com a vida e a morte, tem de saber que a morte é parte da vida: precisa ser cuidada. Por isso, o *morienterapeuta* terá de ser um ser tranquilo, em paz com o fim, com o fim dos outros de quem ele cuida, em paz com o seu próprio fim, quando outros cuidarão dele. Dele não se esperam nem milagres nem recursos heroicos para obrigar o débil coração a bater por mais um dia. Dele se esperam apenas os cuidados com o corpo – é preciso que a despedida seja mansa e sem dor. E os cuidados com a alma: ele não tem medo de falar sobre a morte.

Sei que isso deixa os médicos embaraçados. Aprenderam que sua missão é lutar contra a Morte. Esgotados os seus recursos, eles saem da arena, derrotados e impotentes. Pena.

Se eles soubessem que sua missão é cuidar da vida, e que a morte, tanto quanto o nascimento, é parte da vida, eles ficariam até o fim. E assim, ficariam também um pouco mais sábios. E até – imagino – começariam a escrever poesia...

UM ÚNICO MOMENTO...

Há uma morte feliz. É aquela que acontece no tempo certo. O rei, transbordante de felicidade pelo nascimento do seu primeiro neto, convidara todos os poetas, gurus e magos do reino a virem ao palácio a fim de escreverem num livro de ouro os seus bons desejos para a criança. Um sábio de muito longe, desconhecido, escreveu: "Morre o avô, morre o pai, morre o filho...". O rei, enfurecido, mandou prendê-lo no calabouço. A caminho do calabouço passou pelo rei que o amaldiçoou pelas palavras escritas. O sábio respondeu: "Majestade, qual é a maior tristeza de um avô? Não é, porventura, ver morrer seu filho e seu neto? Qual é a maior tristeza de um pai? Não é, porventura, ver morrer o filho? Ah! Quanto não dariam eles para poder trocar de lugar com os filhos e netos mortos. Felicidade é morrer na ordem certa. Morre primeiro o avô, vendo filhos e netos. Morre depois o pai, vendo seus filhos...". Ouvindo isso, o rei tomou as mãos do sábio nas suas e as beijou...

Não acredito que haja dor maior que a morte de um filho. A princípio é uma dor bruta, sem forma ou cores, como se fosse uma montanha de pedra que se assenta sobre o peito, eternamente. Com o passar do tempo essa dor bruta se transforma. Passa a ser muitas, cada uma com um rosto diferente, falando coisas diferentes. Há aquela dor que é a pura tristeza pela ausência. Ela só chora e diz: "Nunca mais...". Outra é aquela dor que se lembra das coisas que foram feitas e não deveriam ter sido feitas, coisas que não foram feitas e deveriam ter sido feitas: a palavra que não foi dita, o gesto que não foi feito. É a dor da saudade misturada com a tristeza da culpa. E há uma outra dor: a tristeza de que o filho não tenha completado o que começara.

Existe grande alegria em terminar a obra que se iniciou: ver a casa pronta, o livro escrito, o jardim florescendo. A vida de um filho é assim: um sonho a ser realizado. Aí vem o impossível meteoro que estilhaça o sonho. Fica a casa não terminada, o livro por escrever, o jardim interrompido.

Essa era uma das dores daquele pai que me falava da sua dor pela morte do filho. Lembrei-me de um livro que li, faz muito tempo *Lições de abismo*, de Gustavo Corção. Era a história de um homem, cinquenta e poucos anos, que descobre que teria não mais que seis meses de vida, a doença que estava em seu corpo matava rápido. Sem futuro, ele examina o passado, em busca de sinais de que não vivera em vão. O que encontra: cacos, fragmentos, fracassos, um casamento desfeito, a solidão. Pensa então que a vida deveria ser como uma sonata de Mozart que dura não mais que vinte minutos. Morre cedo. Depois dela vem o silêncio. Morte feliz. O silêncio se fez porque tudo o que havia para ser dito havia sido dito. Mas a sua vida – o disco se quebraria antes que pudesse dizer qualquer coisa. Sua sonata nem mesmo se iniciara...

Assim sentia aquele pai: seu filho era uma sonata que mal se iniciara.

Se eu morrer agora não terei do que me queixar. A vida foi muito generosa comigo. Plantei muitas árvores, tive três filhos, escrevi livros, tenho amigos. Claro, sentirei muita tristeza, porque a vida é bela, a despeito de todas as suas lutas e desencantos. Quero viver mais, quero terminar a minha sonata. Mas, se por acaso ela ficar inacabada, outros poderão arrumar o seu fim. Assim aconteceu com a *Arte da fuga*, de Bach (1685-1750). O tema eram as notas do seu próprio nome, BACH, si bemol, lá, dó, si natural. Na última página do manuscrito, letra de Carl Philip Emanuel, filho de Bach, está escrito: "NB: No curso dessa fuga, no ponto em que o nome B.A.C.H. foi introduzido como contratema, o compositor morreu". Bach morreu mas a obra já estava claramente estruturada. Foi possível a um outro terminá-la. Se o mesmo acontecer comigo não terei do que me queixar. Mas fica a pergunta: "E aqueles que não tiveram tempo para escrever o seu nome?".

Já me fiz essa pergunta várias vezes, pensando nos meus filhos. Eu também queria que eles levassem as suas sonatas até o fim, mesmo que eu não estivesse aqui para ouvi-las. Mas não se pode ter certezas. A possibilidade terrível sempre pode acontecer. E se ela acontece vem o sentimento terrível de que tudo foi inútil.

Aí, de repente, eu experimentei *satori*: abriram-se-me os olhos, e vi como nunca havia visto. Senti que o tempo é apenas um fio. Nesse fio vão sendo enfiadas todas as experiências de beleza e de amor por que passamos. "Aquilo que a memória amou fica eterno." Um pôr do sol, uma carta que se recebe de um amigo, os campos de capim-gordura brilhando ao sol nascente, o cheiro do jasmim, um único olhar de uma pessoa amada, a sopa borbulhante sobre o fogão de lenha, as árvores de outono, o banho de cachoeira, mãos que se seguram, o abraço de um filho: houve muitos momentos em minha vida de tanta beleza que eu disse para mim mesmo: "Valeu a pena eu haver vivido toda a minha vida só para poder ter vivido esse momento". Há momentos efêmeros que justificam toda uma vida.

Compreendi, de repente, que a dor da sonata interrompida se deve ao fato de que vivemos sob o feitiço do tempo. Achamos que a vida é uma sonata que começa com o nascimento e deve terminar com a velhice. Mas isso está errado. Vivemos no tempo, é bem verdade. Mas é a eternidade que dá sentido à vida.

Eternidade não é o tempo sem fim. Tempo sem fim é insuportável. Já imaginaram uma música sem fim, um beijo sem fim, um livro sem fim? Tudo o que é belo tem de terminar. Tudo o que é belo tem de morrer. Beleza e morte andam sempre de mãos dadas. Eternidade é o tempo completo, esse tempo do qual a gente diz: "Valeu a pena". Não é preciso evolução, não é preciso transformação: o tempo é completo e a felicidade é total. É claro que isso, como diz Guimarães Rosa, só acontece em raros momentos de distração. Não importa. Se aconteceu fica eterno. Por oposição ao "nunca mais" do tempo cronológico, esse momento está destinado ao "para todo o sempre".

Compreendi, então, que a vida não é uma sonata que, para realizar a sua beleza, tem de ser tocada até o fim. Dei-me conta, ao contrário, de que a vida é um álbum de minissonatas. Cada momento de beleza vivido e amado, por efêmero que seja, é uma experiência completa que está destinada à eternidade. Um único momento de beleza e amor justifica a vida inteira.

VII
PRESTO-ALLEGRO ASSAI

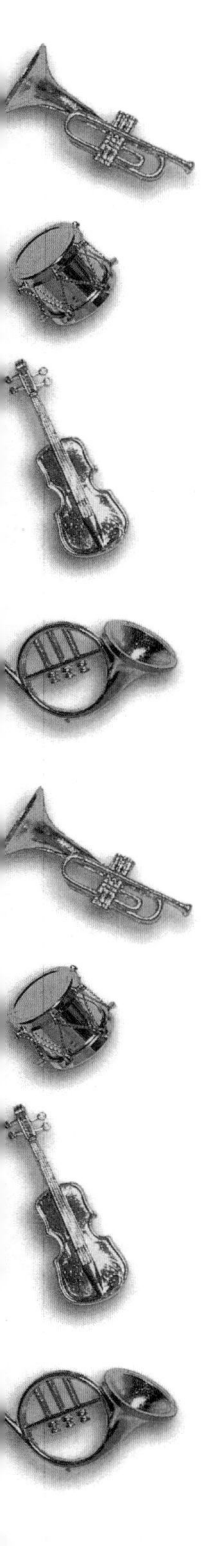

com a vibração
da *Nona sinfonia,*
de L. van Beethoven

"VOU PLANTAR UMA ÁRVORE..."

Muito tempo atrás, há precisamente onze anos, era dezembro de 1987, eu escrevi o seguinte:

Vou plantar uma árvore: será o meu gesto de esperança. Copa grande, sombra amiga, galhos fortes, crianças no balanço e muitos frutos carnudos, passarinhos em revoada. Mas o mais importante de tudo: ela terá de crescer devagar, muito devagar. Tão devagar que à sua sombra eu nunca me assentarei...
O primeiro a plantar uma árvore à cuja sombra nunca se assentaria foi o primeiro a pronunciar o nome do Messias.

Camus, meu querido irmão Camus, num entardecer de crepúsculo preguiçoso – os momentos preguiçosos são os mais criativos; neles os deuses nos abrem os olhos para vermos o que nunca havíamos visto –, escreveu o seguinte no seu diário: "Se durante o dia o voo dos pássaros parece sempre sem destino, à noite dir-se-ia reencontrar sempre uma finalidade. Voam para alguma coisa. Assim, talvez, na noite da vida...".

Pois é: quando jovens, voamos em todas as direções. As esperanças à nossa volta são muitas, e não queremos perder nenhuma. Velhos, nos damos conta de que uma vale mais que muitas. É como naquela parábola contada por Jesus, sobre um homem que, de repente, encontrou uma joia maravilhosa. Fascinado por ela, foi e vendeu tudo o que possuía para comprá-la. "Pureza de coração", dizia Kierkegaard, "é desejar uma só coisa". Quem tem muitas esperanças é um monte de cacos de vidro. Quem tem uma única esperança é um vitral colorido de uma catedral.

Meu vitral continua a ser aquela cena: a árvore e as crianças no balanço. É uma cena paradisíaca. Fico feliz só de imaginar a alegria das crianças. Na velhice mudam-se os hábitos alimentares da gente. Basta-nos que nos seja dada para comer, a cada dia, a imagem de felicidade dos nossos netos...

Emily Dickinson escreveu este delicioso poeminha:

Para se ter uma campina
é preciso um trevo e uma abelha.
Um trevo, uma abelha
e fantasia.
Mas, em se faltando abelhas,
basta a fantasia.

Tão bonito e tão mentiroso! Esse é um defeito dos poetas. Na falta de comida sólida eles frequentemente mentem e "fazem de conta" (como confessou Fernando Pessoa, "o poeta é um fingidor"...) que suas mentiras são comida. Era o caso da solitária Emily, que se alimentava de campinas virtuais. Eu até que poderia comer comida semelhante, se eu fosse a única pessoa envolvida. Mas meus netos não são virtuais. São crianças de carne e osso. Para elas a fantasia não basta. Assim, para mim, o final do poema teria que ser outro: "Mas, em se faltando abelhas, *tenho de chamar abelhas!*". Como seria fácil se eu tivesse uma flauta mágica, como aquela da estória do flautista de Hamelin: eu tocaria a música encantada, e as abelhas me seguiriam.

Como me falta a flauta, resta-me fazer aquilo que de mais próximo existe: tento ser um educador. Um educador é uma pessoa que, desejando uma campina, se põe a chamar as abelhas. Na falta da flauta, ele fala – e com sua fala desenha os mundos que ele ama. *Um educador é um criador de mundos.* O seu desejo é ser um deus, porque se ele fosse um deus ele poderia criar, sozinho, o seu paraíso. Bastaria dizer a palavra mágica e a árvore com balanço e crianças apareceria. Não sendo deus – tendo apenas o "sonho" dos deuses sem ter o seu "poder" – resta-lhe sair pelo mundo falando os seus sonhos. Me veio a imagem daquela flor do campo, uma bola de sementes brancas, a gente dá um sopro, as sementes saem voando como se fossem paraquedas – para irem nascer lá longe, onde o vento as levou... Assim é o educador – uma bola de sementes-palavras onde se encontra o sonho que ele deseja plantar.

Educador, bola de sementes: uma espécie em extinção. O que prolifera são os professores, especialistas em ensinar pedaços e fragmentos. Cada matéria é um fragmento. A serviço da ciência, não lhes resta outra alternativa, porque somente pedaços e fragmentos podem ser tratados com objetividade científica.

Mas as árvores, os balanços e as crianças não moram no lugar onde os cientistas pesquisam e os professores ensinam. Cientistas e professores moram no espaço do conhecimento – o que é muito bom e necessário: para se plantar uma árvore e fazer um balanço é preciso conhecimento. Mas o conhecimento, sozinho, não faz ninguém "desejar" plantar uma árvore e fazer um balanço. Para isso é preciso o amor. Mundos a serem criados, antes de existirem como realidade, existem como fantasias de amor.

A minha tristeza tem a ver com esse fato: tudo indica que meu sonho não se realizará. As abelhas são poucas, as aves de rapina são muitas. As campinas vão sendo progressivamente substituídas por coisas mortas. Leio, com profunda tristeza, uma oração escrita há quase cem anos:

> Ó Deus, nós oramos por aqueles que virão depois de nós, por nossos filhos e por todas as vidas que estão nascendo agora, puras e esperançosas... Lembramos, com angústia, que eles viverão no mundo que estamos construindo para eles. Estamos esgotando os recursos da terra com a nossa avidez, e eles sofrerão necessidades por causa disso. Estamos envenenando o ar de nossa terra com nossa sujeira, e eles terão de respirá-lo.
> (*Orações por um mundo melhor*, Paulus)

Amo as cachoeiras, as trilhas no meio das matas, os caminhos pelas montanhas, os rios e seus remansos, o mar e as praias. Mas, por onde quer que os homens passam, lá se encontram os sinais de sua vocação de destruição e devastação. Eles não vão para as praias para ouvir a música do mar. Eles vão para as praias para lá socializar a sua loucura e agitação. Não vão para as cachoeiras e matas para recuperar a harmonia perdida com a natureza. Vão para cachoeiras e matas para lá deixar seus lixos e excrementos. Passada a horda de selvagens (perdão, perdão, selvagens! Os selvagens, precisamente, são os que jamais fariam isso – pois eles são os que habitam as selvas e sabem que elas são sagradas. Horda de quê? Não encontro uma palavra que descreva o horror do comportamento dos homens diante da natureza.) ficam os testemunhos do desrespeito dos homens pela mãe-natureza. O que os homens estão construindo como futuro para seus filhos e netos não é um paraíso de árvores e riachos mas uma selva eletrônica de metal, cimento e lixo.

E.E. Cummings disse que "mundos melhores não são feitos; eles nascem". Nascem de onde? O amor é o único poder de onde as coisas nascem. Os artistas sabem disso. E é isso que eu procuro, como educador: desejo ensinar o amor. Se não amarmos a natureza não existe a menor possibilidade de que ela venha a ser preservada. Sei que isso soa piegas. Cientistas da educação se rirão de mim – pois o que lhes interessa é a transmissão do conhecimento. Pesquisadores, nas universidades, preferirão escrever seus artigos para revistas internacionais. Confesso que, no momento, essa não seria uma joia pela qual eu venderia tudo nem o rumo do meu voo crepuscular. Não me entusiasma, no momento, o aumento do conhecimento. Já conhecemos demais, muito mais do que usamos. Se usássemos um centésimo do que sabemos o mundo seria maravilhoso. O que nos falta não é conhecimento. É amor. Para isso sou educador. Quero companheiros na tarefa de plantar árvores e construir balanços...

SABEDORIA BOVINA

As ideias são de dois tipos. As do primeiro tipo são aves que se apanham nas arapucas a que a ciência dá o nome de método. Quem arma uma arapuca metodológica está à procura de algo. Se procuro algo eu devo saber, de antemão, como ele deve ser. Caso contrário, eu não serei capaz de reconhecê-lo, na eventualidade de encontrá-lo. Nas arapucas metodológicas da ciência não caem aves desconhecidas. Essas aves, antes de serem apanhadas, já eram imaginadas. A imaginação do jeito da ave a ser capturada na arapuca metodológica tem o nome de hipótese.

As do segundo tipo são aves que não se apanham com arapucas. Na verdade, elas não podem ser apanhadas. Elas simplesmente vêm, e pousam no ombro. Picasso dizia que ele não procurava. Ele simplesmente encontrava. Isto é: ele não saía à busca de algo. Ele ia andando e a "coisa", não pensada, aparecia de repente à sua frente. Essas são as ideias inovadoras, que abrem cenários novos. Não há métodos para apanhá-las, pelo simples fato de que elas nos são desconhecidas. O seu aparecimento acontece sempre como um surpresa. Razão por que Nietzsche dizia que o seu aparecimento é sempre acompanhado do riso.

Essas ideias aparecem nas situações mais inesperadas. Arquimedes estava lutando para resolver o problema que o rei lhe propusera, inutilmente. Foi num momento de *relax*, ao mergulhar na banheira, que a solução lhe apareceu, como uma revelação repentina, como que caída do céu. Diz a lenda que algo semelhante aconteceu com Newton, que se deu conta da lei da gravitação universal ao se defrontar, pela primeira vez, com uma maçã caindo do galho de uma macieira, coisa que ele já vira acontecer vezes sem conta. Kekulê estava às voltas com o problema da estrutura do benzeno, e é relatado que ele resolveu o problema ao contemplar um anel de fumaça que saía do seu charuto. Percebeu que a estrutura não era uma linguiça comprida, mas uma cobra que morde o próprio rabo.

Pois algo semelhante aconteceu comigo, dias atrás. Ia por uma estrada estreita de terra, à noite, pensando-brincando com as aves-ideias comuns que eu havia apanhado numa arapuca, quando me defrontei com um bando de vacas. Eu não estava preparado para tanto. Naquela situação as vacas eram, para mim, apenas massas ruminantes quadrúpedes que impediam o avanço do meu carro. Dei farol alto. Buzinei. Inutilmente. Era como se eu não tivesse feito nada. Sua inteligência bovina não entendia minhas tentativas de comunicação. Fui então, carinhosa e vagarosamente, encostando o para-choque do carro nas suas pernas. Aí elas compreenderam e foram abrindo caminho, preguiçosamente, contra a vontade, sem alterar, por um momento sequer, seu ritmo de mastigação ruminante. Pensei que ali se encontrava a mais perfeita encarnação da sabedoria estoica que eu jamais vira, exemplos vivos da ataraxia, indiferença absoluta ante as perturbações exteriores. A estupidez, frequentemente, é uma fonte de tranquilidade e de virtudes. Ao passar pela última vaca, esta, num ato supremo de desprezo, produziu um *quantum* de massa fecal que, ao se chocar redondamente com o solo com o ruído que lhe é característico, lançou o asteroide de fezes verdes na minha barba.

"Animais estúpidos", eu pensei, indignado. Estúpidos mesmo. Só servem para leite e para carne. Já vi, em circo, cachorro, cavalo, tigre, leão, urso, macaco, elefante, foca – todos eles fazendo coisas bonitinhas. Vocês já viram uma vaca em espetáculo de circo? Jamais. São burras e lerdas demais. Pus-me a meditar sobre o tamanho da inteligência da vaca. Deve ser muito pequena. Pensei então que, a despeito disso, elas têm sobrevivido através dos milênios. Não devem ser tão burras assim. Elas devem ter uma outra inteligência, enorme, que não se encontra no lugar em que nós comumente a pomos. E me dei conta de que essa fantástica, incrível, monumental sabedoria mora naqueles corpos pachorrentos e preguiçosos. As vacas são assombros estruturais, usinas bioquímicas que fazem tudo a poder de ar, água e capim, máquinas perfeitas de transformação de energia. Todo esse saber está lá, silencioso e ativo, no corpo das vacas. A cabeça delas nada sabe sobre isso. Ela nada sabe sobre a gestação de bezerros nem sobre a produção do leite. A despeito disso elas parem bezerros e produzem leite.

Aí pensei em Descartes, que disse aquela frase célebre, "penso, logo existo". Isto é, ele colocou o "ser" do homem no pensamento. Imaginem que houvesse uma vaca filósofa (no mundo da imaginação tudo é possível), e que ela tivesse lido Descartes. Ela seria acometida de um ataque de riso. "Ah! Se o *ser* das vacas estivesse no seu pensamento, há muito já teríamos deixado de existir. Nosso *ser* se encontra num outro lugar..."

Ora, se isso não pode ser dito das vacas, não pode ser dito dos homens também. O nosso ser não se encontra no nosso pensamento. O nosso corpo sabe infinitamente mais que a nossa cabeça. O corpo é sábio, mesmo sem pensar sobre a sua sabedoria. Palavra da psicanálise. Digo, inclusive, que a palavra *inconsciente* é apenas o nome para os pensamentos que moram no corpo, sem que a cabeça tenha deles notícia.

O que nos separa dos animais é que os pensamentos que moram na nossa cabeça desandaram a proliferar, multiplicaram-se, cresceram. O que teve vantagens indiscutíveis porque foi graças aos pensamentos que moram na cabeça que o mundo humano se construiu. A filosofia, a ciência, a tecnologia (quando se fala em tecnologia as pessoas geralmente pensam em grandes portentos. Mas tecnologia é roda, pinguela, barbante, tramela, faca, panela... Coisas do cotidiano simples...).

Cresceram tanto que chegaram a entupir a sabedoria do corpo. O conhecimento vai crescendo, sedimentando, camada sobre camada, e chega um momento em que nos esquecemos da sabedoria sem palavras que mora no corpo. Ficamos, então, numa condição pior que a das vacas. Porque as vacas jamais se esquecem da sabedoria que mora nos seus corpos. Os saberes, frequentemente, são inimigos da sabedoria. Conheço eruditos idiotas. T.S. Eliot se espantava com isso e perguntava: "Onde está a *sabedoria* que perdemos no *conhecimento?* Onde está o *conhecimento* que perdemos na *informação?*". Manoel de Barros, sem as finuras aristocráticas de Eliot, diz a coisa sem rodeios: "Quem acumula muita informação perde o condão de adivinhar: *divinare*. Os sabiás divinam. Sábio é o que adivinha".

Tenho medo de que os muitos saberes façam isso com a gente. Infelizmente as escolas, tão preocupadas em desenvolver testes para os saberes que moram na cabeça, não têm sequer noção da sabedoria que mora no corpo.

SOBRE O OTIMISMO E A ESPERANÇA

Era o ano de 1898. Todos falavam sobre o novo século que se aproximava, o século XX. Havia razões de sobra para otimismo. A humanidade estava prestes a ver realizada uma profecia feita 200 anos antes:

> Qualquer que tenha sido o início desse mundo, é certo que o fim será glorioso e paradisíaco... Os homens farão com que sua situação nesse mundo seja cada vez mais confortável; prolongarão a sua existência e ficarão cada vez mais felizes.

Não havia nada de assombroso nessa profecia. Ela simplesmente enunciava aquilo em que todos acreditavam. Acreditavam que a história da humanidade era uma longa epopeia que se iniciara há milhões de anos. Seu começo fora insignificante. Insignificante é uma semente: ninguém suspeita a beleza e o tamanho da árvore que ela contém. Menor que uma ameba. Mas o tempo fez o seu trabalho. Novas formas vivas foram nascendo umas das outras, dramaticamente, umas desaparecendo, outras sobrevivendo, até que, finalmente, ao final desse processo tortuoso, um fruto maravilhoso: um homem belo, bom e inteligente. A semente se transformara em árvore de linda copa verde coberta de flores e frutos. Muitos frutos já haviam amadurecido e os homens se haviam deliciado com o seu sabor. Mas a grande colheita estava por vir. A grande colheita seria no século XX.

Por ocasião do septuagésimo aniversário do poeta Walt Whitman, Mark Twain lhe escreveu uma carta maravilhosa, o maior documento de otimismo que conheço:

> Tendes vivido os setenta anos que são exatamente os maiores da história universal e os mais ricos em benefícios e progresso para os povos. Esses setenta anos têm feito muito mais no sentido de aumentar a distância entre o homem e os outros animais do que o conseguiu qualquer dos cinco séculos que os precederam. Quantas coisas tendes visto nascer! (...) Demorai, porém, um pouco mais, porque o mais grandioso ainda está por vir. Esperai trinta anos, e então olhai para a terra com olhos de ver! Vereis maravilhas sobre maravilhas somadas àquelas cujo nascimento vindes assistindo; e, em volta delas, claramente visto, havereis de ver-lhes o formidável Resultado - o homem quase que atingindo enfim seu total desenvolvimento, e continuando ainda a crescer, visivelmente crescendo sob vossos olhos... Esperai até verdes surgir essa grande figura, e surpreendei o brilho remoto do sol sobre seu lábaro; então podereis partir satisfeito, ciente

de terdes visto aquele para quem foi feita a terra, e com a certeza de que ele há de proclamar que o trigo humano é mais importante que o humano joio, e passará a organizar os valores humanos nessa base.

Essa ideia grandiosa de progresso aparecera, talvez pela primeira vez e sob uma forma religiosa, no pensamento de Joaquim de Fiori, um monge herege, que morreu por volta do ano 1200. A sua heresia estava nisso: a teologia da Idade Média via o universo à semelhança da Catedral Gótica – uma hierarquia vertical de beleza estrutural incomparável, saída das mãos de Deus pronta, imóvel no tempo. Nela os movimentos eram todos verticais. Havia movimentos ascendentes, que levavam para o céu, e os movimentos descendentes, na direção do inferno. O universo era apenas um cenário físico para o grande drama espiritual da salvação. O destino dos homens, a sua salvação, estava acima, no alto, lugar da morada de Deus. Joaquim de Fiori pintou um mundo novo. O paraíso não está no alto. Ele se encontra no futuro. O espaço se transforma pelo poder do tempo. É como uma mulher em dores de parto. A história é o movimento do universo engravidado por Deus. Primeiro, o Pai. Depois, o Filho. Finalmente, o Espírito Santo. Ao final, o parto. O Paraíso nasceria.

O universo medieval-Catedral Gótica desmoronou. Também o universo de Joaquim de Fiori, que se movia pelo poder de Deus. Os cientistas examinaram os céus e o encontraram cheio de estrelas e galáxias maravilhosas – mas nenhum sinal das moradas de Deus. Deus foi despejado de sua mansão nas alturas. Mas, sem o perceber, os homens o trouxeram para a terra e o fizeram morar num outro lugar, com um outro nome. Colocaram-no morando bem dentro da história e lhe deram o nome de Razão. A Razão é o poder divino que, dentro da história, e a despeito dos erros e descaminhos dos homens, faz com que ela atinja um final paradisíaco. Como não ser otimista vivendo num universo assim? O marxismo foi a maior expressão dessa religião sem Deus. Buscou dar bases científicas ao otimismo. Daí o seu fascínio. Quem não deseja ter certezas felizes sobre o futuro? Eu gostaria de ter certeza de que minhas netas irão viver num mundo paradisíaco. Pois é precisamente isso que o marxismo proclamou: através de um processo tortuoso e sofrido de lutas, semelhante àquele descrito por Darwin, os homens haveriam de chegar a um mundo sem conflitos em que os contraditórios seriam reconciliados e seria possível, então, viver a fraternidade e a justiça e os homens poderiam, finalmente, encontrar a felicidade: uma versão secular das visões messiânicas do profeta Isaías: o leão comendo palha com o boi, os meninos brincando com as serpentes venenosas.

Ao fim do século XIX as conquistas maravilhosas da ciência e da tecnologia, a racionalização da política através dos processos democráticos, o desenvolvimento da educação – tudo isso eram evidências que tornavam inevitável um otimismo sem limites. É o mundo maravilhosamente descrito pelos pintores impressionistas Monet e Renoir: a inocência, a alegria, os reflexos coloridos da natureza, a leveza, a despreocupação. As telas de Renoir e Monet são manifestações dessa alma feliz.

Mas essa viagem maravilhosa na direção da Cidade Santa, fulgurante no alto da montanha, numa curva do caminho, revelou um outro destino: a barbárie. O homem se tornou possuidor de um conhecimento científico infinitamente superior a todo o conhecimento acumulado pelo passado. Revelou-se a fragilidade da educação: os saberes e a ciência não produzem nem sabedoria nem bondade. Foi esse homem educado e conhecedor da ciência que produziu duas guerras mundiais. Aconteceram os campos de extermínio do nazismo e do comunismo, a criação de armas monstruosas e mortais, uma riqueza jamais sonhada ao lado de milhões morrendo de fome, matanças, a destruição da natureza e das fontes de vida, as cidades infernais, a violência, o terrorismo armado com armas produzidas e vendidas por empresas geradoras de progresso.

E repentinamente, o maravilhoso Resultado anunciado por Mark Twain aparece de forma monstruosa na pintura de Dalí e de Picasso: o lado demoníaco do homem, anunciado pela psicanálise.

Hoje não há razões para otimismo. Hoje só é possível ter esperança. Esperança é o oposto do otimismo. "Otimismo é quando, sendo primavera do lado de fora, nasce a primavera do lado de dentro. Esperança é quando, sendo seca absoluta do lado de fora, continuam as fontes a borbulhar dentro do coração." Camus sabia o que era esperança. Suas palavras: "E no meio do inverno eu descobri que dentro de mim havia um verão invencível...". Otimismo é alegria "por causa de": coisa humana, natural. Esperança é alegria "a despeito de": coisa divina. O otimismo tem suas raízes no tempo. A esperança tem suas raízes na eternidade. O otimismo se alimenta de grandes coisas. Sem elas, ele morre. A esperança se alimenta de pequenas coisas. Nas pequenas coisas ela floresce. Basta-lhe um morango à beira do abismo. Hoje, é tudo o que temos ao nos aproximarmos do século XXI: morangos à beira do abismo, alegria sem razões. A possibilidade da esperança...